警察庁から来た男

新装版

佐々木 譲

角川春樹事務所

警察庁から来た男

1

交番の入り口は開いていた。

そこに飛び込む以外にない。酒巻純子は、少女の手を引いて、交番の中に駆け込んだ。

デスクの向こうで、若い警官が目を丸くした。

「この子を助けて」酒巻純子はその若い警官に言った。「暴力団が。この子、未成年なの」

若い警官は驚いた顔で立ち上がり、酒巻純子のうしろにいる少女を見つめた。

「日本人か？」

「タイ人。十六歳」

表通りで、足音がした。追いかけてきた男たちが、小路から表通りに出てきたのだ。

酒巻純子は、交番の引き戸を閉じてから、必死の想いで警官に言った。

「見つかったら、連れ戻される。隠して。この子を隠して」

警官はデスクのうしろから出てきて、奥のドアを指さした。

「交番の中まではこないさ。そっちの待機室に入ってな」

酒巻純子は少女の手を引いて、そのドアを開けた。三和土の向こうに畳敷きの部屋がある。左手はトイレのようだ。酒巻純子は、ドアをうしろ手で閉じてから、少女を和室のほうに押しやった。ナンタワンと名乗っているそのタイ人少女は、靴も脱がずにその和室へと駆け上がった。

酒巻純子は、ドアを振り返った。小さなガラス窓があって、カーテンがかけられている。カーテンをわずかに横に引くと、交番の中を見ることができた。

ちょうど交番の前に、三人の男たちが立ったところだった。追ってきた暴力団員たちだ。ジャージー姿の中年男と、黒っぽいジャケットをひっかけた若い男ふたり。男たちは酒巻純子たちを見失ったので、そこで駆けるのをよしたという様子だった。中年の暴力団員が交番の中を横目で見た。酒巻純子は、カーテンを少しだけ戻して、隙間を小さくした。

若い警官は、交番の中で表通りに身体を向けている。ジャージー姿の暴力団員は視線をそらし、若いふたりをうながして、駆けてきた方向へ歩み去っていった。酒巻純子たちが交番に駆け込んだと察したのだろう。この場から少女を連れ出すことはできないと観念したようだ。

酒巻純子は、ドアを開けて交番の執務室に出た。若い警官は振り返ってきた。

「行った。もう大丈夫だ。タイ人だって?」

酒巻純子は引き戸のすぐうしろまで歩いて、外を見やってから訊いた。

「そう。タイから連中に売られてきた。もう少しここにいていいですか」

「いいけど、その子、不法滞在ってことはないの？　もしそうなら、逮捕しなきゃならない」

「あの子は、被害者よ。逮捕される理由はないわ」

「入管法違反になる」

「お願い。タイの大使館に駆け込むつもりなの。どっちみち入管には出頭する。だから、いまは見逃してください。責任もって、わたしたちがタイの大使館に送り届ける」

「わたしたち？」

酒巻純子は、肩にかけたポーチから名刺入れを取り出し、自分の名刺を警官に差し出した。その名刺にはこう記されている。

女性人権会議ジャパン札幌(さっぽろ)事務所

理事　酒巻純子

純子は言った。

「ボランティアで駆け込み寺を運営してるんです」

「彼女も駆け込んできたのかい？」

「ええ。きょう、東京に送るつもりだったんだけど、シェルターを出るところを見つかった」

「だけど、不法滞在者を見逃せって言われてもなあ」

「売られてきたのよ。なりたくてなったわけじゃない」

「入管で事情を聞くよ」

「ほかにも同じような未成年の子がいる。早く大使館に駆け込まないと、ほかの子も危ない」

若い警官は制帽をとって頭をかいた。制帽の下の髪は、意外にも清潔に刈り上げられている。

「もう大使館には連絡ずみなのか?」

「いいえ。東京に着いたところでするつもり」

「奥で休んでて。冷蔵庫には飲み物も入ってる」

酒巻純子はうなずいて奥の和室へと戻った。

ナンタワンが、いくらか落ち着きを取り戻したような顔で酒巻純子を見つめてきた。どうやら、もう暴力団員からは逃れられたと確信できたようだ。

「だいじょうぶ」酒巻純子は自分の携帯電話を取り出しながら言った。「あなたをタイ大使館まで送り届ける。もう心配しなくていい」

二分ほどしたところでドアがノックされ、若い警官が顔を出した。

「連絡した。そういう事情であれば、ちょっとだけ話を聞かせてもらいたいそうだ。いま、迎えがくる」

　酒巻純子は首を振った。

「早く飛行機に乗りたいの。その暇はない」

「そっちから飛び込んできたんだ。少しぐらい協力してくれてもいい」

　たしかに、保護を求めておきながら、協力は拒む、というわけにはゆかないか。

　酒巻純子は譲歩した。

「簡単にすませて。きょうじゅうに、大使館に行くんだから」

「わかってる」

　ドアが閉じられると、酒巻純子の携帯電話が震えた。酒巻純子はすぐに持ち上げて開いた。同僚からだった。酒巻純子はオンスイッチを押して耳に当てた。

「どうしたの?」と、同僚が訊いた。「わたしたちはいま空港に着いたわ」

　酒巻純子は相手に、シェルターを出たところで暴力団に発見されたことを伝えた。暴力団員たちは、どうやら最初からシェルターであるその建物を見張っていたようだった。酒巻純子がナンタワンを連れて歩き出したとたん、路地を二台の車ではさまれたのだ。暴力団員たちが車から飛び下りるよりも先に、酒巻純子は別の路地に飛び込み、駆けた。ナンタワンが激しい息づかいでついてきた。

　表通りまで出るなら、ひと目もある。暴力団員たちだって、目撃者のいる中で、白昼堂々の拉致はすまい。タクシーをつかまえることもできる。それに、一ブロック先には交番もあった。

しかし表通りまで出ても、運悪くタクシーは通りかからなかった。やむなくナンタワンの手を引いてもう一度別の路地に飛び込み、大きな集合住宅の裏口に駆け込んで中庭を抜け、交番のすぐ脇へと飛び出したのだった。

そのとき、またドアがノックされた。

酒巻純子は電話の相手に、いったん切ると告げた。

外から警官が言った。

「迎えがきた。女性を車に乗せて」

酒巻純子は、電話を切って、ナンタワンに合図した。ナンタワンは立ち上がって酒巻純子の脇を通り、待機室を出ていった。

靴をはいて待機室から出ると、すぐ外の通りに一台の黒いセダンが停まっていた。ナンタワンが後部席に乗り込むところだった。地味な身なりの初老の男が、車の脇に立っている。警官は、交番の内側にいた。

「待って」酒巻純子は言った。「警察の車じゃないの?」

若い警官は振り返って答えた。

「あなたには、住所氏名を記入していってもらいたいんですが」

酒巻純子は入り口に向かって歩きながら言った。

「どうしてパトカーじゃないの？」

「身元引き受け人がきたんです。こっちに住所氏名、記入していってください」

警官が白紙をはさんだホルダーを差し出してきた。ちょうど酒巻純子の行く手を遮るようにだ。酒巻純子は立ち止まった。

表通りでは、ナンタワンがセダンの後部席に身体を入れ、続いて初老の男が後部席に乗り込んだ。ドアが閉じられた。すぐにセダンは発進した。

助手席にいた男が振り返った。中年の男だ。酒巻純子に、にやりと微笑を見せた。

酒巻純子は戦慄した。つい先ほど、自分たちを追ってきたひとりではなかったか。暴力団員だ。

「待って！」酒巻純子は叫んだ。

セダンの後部席で、ナンタワンが振り返った。顔が恐怖に引きつっていた。

交番から歩道まで駆けた。しかしセダンはたちまち札幌市中央区の環状通りを、北に遠ざかっていった。

追いかけようとしたが、動けなかった。起こった事態があまりにも思いがけなかった。足がすくんだのだ。筋肉が硬直していた。

酒巻純子は振り返った。若い警官はまだ交番の内側に立ったままだ。書類ホルダーを手にしている。

酒巻純子は、警官に厳しい調子で訊いた。

「どういうことです？　警察署に連絡したんじゃなかったの？」

「しましたよ」警官は、悪びれた様子も見せずに言った。「そうしたら、あのタイ人の身元保証人だって男がきたんです。彼女を引き取ってもらうしかないじゃないですか」

「もしかして」酒巻純子は、いったん口ごもってから言った。「あんたたちは、グルなの？」

警官は心外だと言うように首を振った。

2

少し湿った雪が舞う夜だった。気温は零下二度か三度ほどだろう。

年の瀬の、あと数日でクリスマスという日だった。忘年会シーズンの真っ盛りでもあり、札幌の歓楽街・薄野（すすきの）も、人出が一年でもっとも多くなる時期だ。この歓楽街に出店する飲食店や風俗営業の店から言えば、一年で最大の稼ぎどきだった。客の側から言えば、多少の羽目もはずしたくなるのが、この季節だった。

一帯には人工の光が氾濫（はんらん）している。原色の電飾看板は水平にも垂直にも高密度で連なっており、まともに見つめることも難しいほどのまばゆさだ。

表通りでも中通りでも、ふらふらと頼りなく歩く男女が目立ってきていた。通りのほうぼうで、肩を組み、大声で歌っている男たちがいる。看板を手に歩く男たちがいて、呼び込みがおり、ビラまきがいた。酔漢のそばによっては、小声で誘いかけている客引きもいる。小雪が舞っているというのに、薄手の黒いスーツ姿で女を物色している男たちもいた。このエリアを健全な繁華街にしようと制定された「薄野浄化条例」の条文も、事実上失効していると見えるような夜だった。

路上には四日前に積もった雪が凍りついて残っていた。ほうぼうで、通行人が転倒していた。札幌方面大通(おおどおり)警察署管轄(かんかつ)の薄野交番からは、起き上がれない転倒者の連絡が入るたびに警察官が飛び出して、薄野の雑踏の中を走るのだった。冬にはつきもののこととはいえ、怪我(けが)をするし、打ち所が悪ければ意識を失うこともある。抱きつき強盗の被害者にもなるのだ。

その薄野のややはずれ近く、飲食店よりはむしろ風俗営業の店の看板のほうが目立つ中通りに、間口五間の五階建てのビルがあった。一階だけは居酒屋だが、あとのフロアはすべて何らかの種類の風俗営業店というビルだ。

中野(なかの)勝幸(かつゆき)は、勤め先の忘年会の流れでその日二軒目になるスナックをあとにしてきたところだった。中通りを歩いているうちに尿意を催したので、その路地に飛び込んだ。立小便するつもりだった。

中野勝幸は、路地の奥まで進んで、左右を見た。そこで行き止まりになっており、ポリバケツが五つ六つ並んでいる。地面には先日の雪の名残が、黒っぽく残っていた。

ポリバケツの裏にまわって、オーバーコートのボタンをはずし、ズボンのファスナーをおろしたときだ。どこかでひとの怒鳴り声のようなものが聞こえた。ついで、悲鳴のような声。かなり切迫した響きに聞こえた。

どこだ？

中野勝幸はいま一度左右に目をやった。人影は見当たらない。

また悲鳴が聞こえた。顔を上げた。視界を何か黒い影が覆った。ポリバケツの脇に何か大きなものが落ちてきた。どさりともごつりとも聞こえるような、重く鈍い音が響いた。

頭上でまだ声がする。

「どうした？」

「落ちた」

「馬鹿野郎！」

中野勝幸はまだ何が起こったのかわからなかった。路地に落ちてきたものは、衣類をつけた人形のようである。すぐに思い直した。ちがう。ひとだ。人間だ。うつぶせになっている。地面に顔を打ちつけたようだ。

その人間は動かない。腕が妙に不自然に曲がっているように見えた。

中野は、おそるおそる声をかけた。

「あんた、大丈夫かい？」

反応はなかった。

また上のほうで声がする。

「誰かいるぞ」

中野は頭上に目をやった。非常階段の踊り場に、三つのひとの顔が見えた。下をのぞきこんでいる。

中野はもう一度、地面にうつぶせになっている男を見た。頭の下のあたりに、何か黒っぽい液体が広がっている。栓が抜けたような広がりかただった。

「大丈夫か」

もう反応がないだろうと承知しつつ、中野は声をかけた。とにかく、一一九番通報しなければならないだろう。

河野（こうの）春彦（はるひこ）巡査部長がその現場に到着したのは、午後の十時二十分だった。救急車が自分たちの車の目の前で停車したところだった。

そのビルの前には、十人ばかりのひとだかりがある。みな寒そうに背を丸め、興味津々という顔で路地の奥をのぞきこんでいた。

救急隊員たちが車から降りると、ひとりの中年男がビルとビルとのあいだの路地を指さした。彼が第一通報者のようだ。救急隊員たちはストレッチャーを押してその細い路地に駆け込んでいった。

河野は同僚捜査員の永見(ながみ)巡査、それに鑑識担当の田上(たがみ)巡査と一緒に捜査車両を降り、路地の奥へと進んだ。

奥では救急隊員が地面にしゃがみこんでいる。ふたりのあいだに、男が倒れていた。グレーのスーツ姿だ。白いシャツに血痕(けっこん)が散っている。

河野は救急隊員のそばに近づいて、身分証明書を提示した。

「薄野特別捜査隊です」

薄野特別捜査隊とは、大通署が薄野交番に常駐させている捜査員たちのことである。薄野で刑事事件の可能性のある事件が起こったとき、大通署や道警機動捜査隊の捜査員よりも早く現場に駆けつけることを任務としている。課と同格の組織だった。

救急隊員のうち年長のほうが顔を上げて言った。

「ご苦労さま。このひとは、もう息はありません。心拍も停止。体温はまだあります」

「外傷は？」

「前頭部が陥没しているように見えます。落ちて、地面に叩きつけられたのでしょう」

河野は頭上に目をやった。非常階段が延びている。非常階段の脇に小さな窓が並んでいるが、これはたぶんトイレだろう。どの窓にも明かりがともっていた。

河野は路地を戻ると、第一発見者らしき男に近づいて身分証明書を出した。

「あなたが通報したひと？」

「そうです」中年男は、ぶるりと身体を震わせながら言った。「ひとが落ちてきた」

「事情を聞かせてください。ここにいてもらえるかな」

「いいですけど」

「お名刺でも」

男はオーバーコートのポケットを探って、名刺を差し出してきた。河野がその名刺を受け取ると、路地の入り口のほうから靴音がした。

河野が振り返ると、大通署の捜査員がふたりだった。刑事課ではない。生活安全課の警部補と巡査部長だ。

警部補のほうは、鹿島浩三という男だった。土木作業員が着るような、厚手のヤッケを着ている。

「どうした？」と鹿島が河野に訊いてきた。「ひとが倒れてるって？」

河野は、地面の男を示して言った。

「死んでる。上から落ちたらしい」

「落ちた?」鹿島は非常階段を見上げて言った。「足を滑らせたのか」

「これから調べる」ふと気になって、河野は訊いた。「どうしてここに? 課長の指示ですか?」

鹿島は、倒れた男のそばにしゃがみながら答えた。

「いや。たまたま近所の飲み屋にいたんだ。救急車の音を聞いたから」

鹿島は倒れた男の額に触れ、目をのぞきこんでから立ち上がった。

「浄化作戦、始まったばかりだってのに」

「知ってる男ですか?」

「いや」

鹿島は、もうひとりの生活安全課の捜査員をうながして、足早に路地を出ていった。

救急隊員が言った。

「いちおう運びますよ。蘇生施術は必要ですから。当番は、札幌医大病院」

「待ってくれ」

河野は、田上に指示して、現場の写真を撮らせた。永見が、倒れた男の輪郭をなぞるように、チョークで線を引いた。凍った地面には、チョークの跡はうまくつかなかった。

河野は、男のズボンとシャツのポケットを探った。ズボンの尻ポケットには、財布が入っていた。取り出して開いてみると、現金が四万円ばかり。それにクレジット・カードが二種類入っていた。

さらにポケットを探った。名刺入れが出てきた。仕切りのひとつには、同じ名の名刺が五枚入っている。写真つきだった。これが本人だ。

大総開発興業　福岡支店営業二課
主任　栗林啓一

マグライトで写真と倒れた男の顔を交互に照らしてみた。血に汚れた顔は細部を見分けることが難しかったが、頬骨の高い骨格だけはわかった。たぶん本人だろう。

「いいですか?」救急隊員が訊いた。

「待ってくれ」

永見巡査が名刺を書き写したところで、救急隊員たちは栗林啓一という営業マンとおぼしき男をストレッチャーに乗せた。

撮影を続ける田上を現場に残して、河野は路地を出た。さきほどの中野という男が、その場で足踏みしている。

「中野さん」と河野は声をかけた。「あのひとが落ちてきたとき、あんたはどこにいたんです?」

中野は路地の奥のほうに目をやって答えた。

「奥で、小便してたんですよ。そしたら、上からいきなり落ちてきて」

「悲鳴でも聞きました?」

「聞きましたよ。騒がしくなって、どこだろうと思っているうちに上から落ちてきた」

「騒がしくなってというのは、落ちてくる前に?」

「ええ。落ちてからも、上で声がしました」

「どんな?」

「落ちた、とか。馬鹿野郎とか」

「ひとり?」

「いや、三人いました。上を見たら、上のほうの踊り場のところに三人いましたよ」

「どのあたり?」

中野はもう一度非常階段の上部を指さした。

「一番上かな。二階や三階じゃない」

河野も見上げながら思った。あの栗林という男は、ひとり勝手に足を滑らせて階段から落ちたのとはちがうようだ。べつの男たちのいる前で落ちたのだ。でも、通報したのはこの中野だけか？

出動を命じられたとき、とくに複数から通報があったとは聞かなかったが。栗林という男が落ちたとき、階段の踊り場にいた連中からも通報があっておかしくはないのだが。

田上がカメラを手に提げて路地から出てきた。

河野は田上に言った。

「現場保存頼む。すぐに地域課もくる」

田上が訊いた。

「河野さんは？」

「おれは、このビルの四階、五階で目撃者をあたる」

「事件ってことですか？」

「まだわからん。冬になると毎年、酔っぱらいがふたり三人転んで死ぬ。これもそのうちかもしれない」

「酔って非常階段から落ちたってことですね？」

「まだ決めつけていないが」

河野は永見と一緒にエレベーターに乗った。箱の中に、入居者の案内が掲げられている。二階から五階まで、すべて風俗店と想像できる名前のテナントだった。五階は、『素人自慢・萌えっ子クラブ』である。河野は五階の階床ボタンを押した。

永見が言った。

「どんな店ですかね」

「さあ。キャバクラなのか、ピンサロなのか」

薄野の場合、ひとつのビルの中に、居酒屋やスナックからファッション・マッサージなどの風俗店、果てはソープランドまで入っていることが珍しくない。特にこの中通りはそうだ。若い女の接待がつく安キャバレーとして営業しているか、それともきわどく風俗営業側か。刑事課の河野には、この店の名を見ても、そこの業態までは当てることができなかった。

エレベーターのドアが開いた。目の前に、ふたりの黒服姿の若い男が立っている。そこは六畳間ほどの小さなウエイティング・ルームとなっている。スツールが並んでいるが、待っている客はなかった。しかしこの季節のこの時刻だ。店の中には、客はかなり入っているはずである。

河野は身分証明書を広げて、ふたりの黒服たちに言った。

「下でひとが変死だ。事情を聞きたい」

男のうちのひとりが、顔色を変えることもなく言った。

「捜索令状、あるんですか?」

眉毛(まゆげ)のない、格闘技系の面構え(つらがま)えの男だった。

「いきなりそう来たか。取って出直せって言っているのか?」

「いや。どうなんです?」

「持ってない。中に入れるのか入れないのか?」

「もう先にべつの刑事さんたちが入ってますよ。強引に入ってきた」

鹿島たちのことを言っているのだろうか。

「入るぞ」

「ご勝手に。中に店長がいます」

ドアを押し開けて、店の中に入った。右手にはボックス席が並んでいる。そちら側の照明は暗い。左手には、大きな作りつけのソファがあった。十二、三人のひとがゆったり並んで座れそうな広さだ。ソファの前には小さなテーブルが四つ、互いに離して置かれている。こちら側の照明はいくらか明るかった。金髪や茶髪の若い女が六人、ふてくされたような顔で河野を見つめてきた。予想とはちがって、客はいないようだ。

鹿島や店長はどこだ?

そう問う前に、エレベーター・ホールにいた黒服の男のひとりが、河野の前に出てきた。格闘技を得意にしていそうな男のほうだ。

「こっちです」

バーカウンターの横に木製のドアがあって、小さくプライベートと表示が出ている。中は事務所と、更衣室なのだろう。そのドアの横に、鹿島と一緒に到着した生活安全課の巡査部長が立っている。困った、という表情だった。

中から怒鳴り声が聞こえてくる。

「この野郎！　そんな話、信用できると思っているのか！」

驚いている河野の耳に、さらに何かの衝撃音。それがふたつ。ついで、何か大きなものが壁か什器(じゅうき)にぶつかったような音。

河野は黒服の男を横に押しやって、ドアノブに手をかけた。

ほとんど同時に、ドアが手前に開いた。

男が頭をかばいながら飛び出してきた。黒いスーツ姿だ。この店の店長のようだ。すぐうしろから、誰かがその店長らしき男の尻を蹴(け)り上げた。店長は、河野の目の前でうつむけに床に倒れこんだ。

蹴ったのは鹿島だった。鹿島はドアの外に出てきて怒鳴った。

「この野郎！　でたらめばっかり」

鹿島は倒れている男を足蹴にした。靴が男の腹に食い込んだ。男はうっと短くうめいた。

鹿島は、本気で蹴りを入れている。

「やめろ！」

河野は飛び出していって、鹿島の両手を取った。鹿島は一瞬もがいたが、すぐに力を抜いた。

河野は、鹿島を壁に押しつけて訊いた。

「何をやってる？　どうしたんだ？」

「いやね、こいつが」鹿島は床に倒れた男を顎で示しながら言った。「この店長が、いい加減なことを言うものだから」

息が荒かった。

河野は訊いた。

「何だって？」

「あの男、ここの客だったんだ。オーバーが残ってる」

格闘技系の黒服が横から言った。

「あの客、逃げようとしたんですよ」

鹿島が続けた。

「あの客は、請求書見たあと、トイレに行ったって言うんだ。金がなくて、トイレから逃げるつもりだったらしいと」

河野は鹿島に言った。

「なんであんたが、こいつを痛めつけてるんだ？」

「でたらめだと思ったからさ。この店長のやりくちならわかる。金を払い渋る客を非常階段に連れていって、払うか払わないのかと脅したんだろう」

床に転がっていた店長が、少しだけ身をひねって、視線を河野たちに向けた。

「ちがう。ちがうって。ほんとに何もしていない」

鹿島はいきなり河野の手を振り払うと、かがみこんでその男の胸ぐらをつかんだ。

「信用すると思ってるのか！」

鹿島は男をひきずり起こすと、壁に押しつけて頬に拳をくれた。店長の鼻から、赤い飛沫が飛んだ。

河野はもう一度鹿島を押さえた。

「やめろって」

その瞬間だ。強い光が走った。河野が振り向くと、事務所の出入り口のところに、黒い大きなカメラを構えた男がいる。再びストロボが発光した。

永見があわててその男を事務所から押し出した。

「誰だ？」永見がカメラを片手で押さえて訊いた。

カメラを持った男は答えた。

「薄野イエローストリートです」

地元の風俗情報誌だ。

「メモリーを寄こせ」

「何言ってるんです。とんでもない」

「肖像権があるんだ。勝手に写真は撮らせない」

「刑事さんたちなんでしょ？　公務中に、それは通りませんよ」

鹿島が振り向いて言った。

「うるさい。消えちまえ。こっちは取り込んでるんだ」

「はい、はい」

薄野イエローストリートと名乗った男は消えた。

鹿島は男に向き直ると、左手で胸ぐらをつかんだまま言った。

「今泉。もう一度言え。客を突き落としたんだな？」

「ちがいますって。ちがいますって」

「じっくり聞くさ。こい」

河野は割って入った。

「待ってくれ。事件だとしたら、これは刑事課の管轄だ。鹿島さん、あんたは下がってくれ」

鹿島は河野を睨んで言った。

「ここは生安の管轄だよ。風俗営業店だ」

「刑事事件なら、うちがやる」

「だったら手錠かけろよ。いますぐ。こいつ、とぼけてるんだ。引っ張って締めなきゃ」

今泉と呼ばれた店長は激しく首を振って言った。

「何もしていないって。あの客は、トイレから逃げ出そうとしたんだ」

河野は鹿島に言った。

「どんな容疑があろうと、この暴行じゃ検察送りは無理だぞ。写真も撮られた。検察に送っても、公判は維持できない」

「まさか」と鹿島はおおげさな調子で言った。「ひとひとり死んだんだぞ」

「いきなりこいつに暴行ってのは無茶だ。事情がなんにもわかってないんだぞ」

「突き落としたに決まってる」

河野は今泉という店長に言った。

「薄野特別捜査隊だ。トイレと非常階段を見せてくれ」

今泉はため息をついて言った。

「勝手にどうぞ」

「立ち会えよ」

鹿島が今泉の手を放した。

今泉はポケットからハンカチを取り出し、鼻に当てた。

「案内してくれ」と河野は今泉に言った。

今泉は、鹿島の脇を抜けて事務所を出た。河野と永見が、あとに続いた。

トイレは、客席の奥にあった。客席に対して直角に、トイレへ通じる短い廊下があり、その廊下に並んで、ドアがふたつあった。奥が女性用、手前が男性用だ。入り口のドアは客席からは直接見えないようになっている。

中に入ると、すぐ右手に洗面台があり、右側の壁に向かって朝顔がひとつ。朝顔の真後ろに個室だった。個室と洗面台とのあいだに、ひとひとり抜けられるほどの大きさの窓がある。網入りのガラス戸が外側に押し開けられていた。

河野は窓に近寄って、頭を出してみた。さきほど栗林という男の倒れていた位置は、その窓の真下というよりはやや右手だ。首をひねって右を見てみた。非常階段の一部が見える。そのままでは手すりには手も届きそうになかったが、身体を半分出してしまえば届くだろう。

河野は、今泉に非常階段の出入り口を訊ねた。トイレの外だという。

トイレの外に出ると、客席の背後、ちょうどいま見たトイレの裏側にあたる位置に、非常口があった。厚手のカーテンがかかっていたが、今泉がこのカーテンをすぐに開いた。非常口の表示もそのカーテンで隠されていた。これは消防法違反だ、と思ったが、河野はそれを口にしなかった。

今泉が非常口のスチールドアを押し開けた。

目の前が踊り場だった。畳一枚ほどの広さだった。ポリバケツがふたつ並んでいる。これも消防法違反だ。もっともこのあたりの風俗店で、消防の査察が入るという日以外も消防法を遵守している店などあるはずもないが。

河野は、踊り場の端まで歩いて、一メートルほどのスチール製の手すりに両手を置き、下をのぞきこんでみた。身体がさらされているせいか、こんどはかすかに血の気が引く感覚があった。左に目をやると、トイレの窓がある。手を伸ばしてみると、窓枠まで二十センチばかり足りなかった。

再び店の中へと戻った。

ちょうど救急隊員がふたり、店に入ってきたところだった。栗林を搬送したのではないのか？　そう思ってから、河野はその救急隊員はさきほどの連中とはちがうと気づいた。

救急隊員のひとりが、河野たちに顔を向けて訊いた。

「ここに怪我人がいるって電話だったんですが」

河野は言った。

「落ちてきたって男なら、いま運んでいった」

「落ちた？　この店の中で、暴行があったという通報でしたよ」

格闘技系の黒服が言った。

「おれが電話したんだ。店長の怪我がひどいから」

河野は今泉を見た。彼は、急に背を丸め、ハンカチを鼻に当てたまま、救急隊員に近づいた。

「おれだ。暴行を受けてた」

崩れ落ちるように、手近な椅子（いす）に腰掛けた。

救急隊員が、河野や鹿島たちをふしぎそうに眺めて言った。

「刑事さんたちが来てるって、下で聞きましたが」

「おれたちが刑事だ」河野は救急隊員たちに近づきながら言った。「そいつ、そんなにひどい怪我か？」

救急隊員は河野の問いには答えずに、黒服に訊いた。

「傷害事件ですか？」

電話したという黒服が言った。

「その刑事さんたちが、店長にいきなり暴行を始めたんだ」

救急隊員は、すっと河野から視線をそらして、今泉のそばにかがみこんだ。

河野は鹿島を探した。事務所のドアの前に立っていた。

河野は鹿島に近づいて言った。

「何があったにせよ、もう立件不可能だぞ」

鹿島がふてくされたように言った。

「おれのせいなのか？」

「あたりまえだ。あんな暴行のせいで、この件は事故として処理するしかなくなったんだ。事件性を疑うこともできない」

「疑えるぞ」

「殴りつける前ならな。見ろ」河野は今泉たちを指さした。彼は救急隊員から応急手当を受けているところだった。「暴行が公的に記録されたんだぞ。さっきは暴行の現場写真まで撮られた」

鹿島は肩をすぼめて言った。

「すまん。沸騰してしまったんだ」

河野の視界の隅で、あの格闘技の得意そうな黒服が、にやりと頬をゆるめた。

十二月二十三日。薄野条例が発効してまだひと月たたないうちのできごとだった。

3

北海道警察本部の本庁舎は、札幌市の官庁街、北二条通りに面して建っている。南北の壁面がミラーガラスで覆われたモダンな高層ビルだ。札幌市内には、このビルに匹敵する高さのビルはもういくつもない。逆に言えば、ビルのその高さが、北海道に於ける北海道警察本部の権威と影響力を率直に表現している。北海道庁も、北海道議会も、眼下に見ることのできるビルだった。

ミラーガラスを全面に張っているから、一見開放的で透明な役所と想像できるが、その実、外からは内部は窺い知ることができない。ビルの中で何が行われているか知りたければ、無理にでも内側に入るしかない。たとえば、監察という制度を通じて。

六月の第二火曜日、グラスタワーのロビーに、ふたりのダークスーツ姿の男が入ってきた。

ふつう外来客は、このロビーに一歩入ったところで、かすかに落ち着きをなくす。自分に向けられる視線を意識する。受付に向かって、いくらか緊張をたたえた顔で歩いてくるのだ。

しかしそのふたりとも、臆した様子は微塵も感じられなかった。とくに若いほうの男の足どりは大股で、自信に満ちていた。

受付のカウンターには、ふたりの女性職員が着いていた。そのうち先輩格の長野由美は、ふたりの顔を見つめて、それが誰であったか思い出そうとした。

道警の幹部警察官であったか、それとも関連する官庁の誰かであったか。たびたび出入りする者であれば、思い出せるはずだった。

しかし、ふたりは初めて見る顔だった。

男たちは受付カウンターの前に立った。

若いほうの男は歳のころ三十代なかばぐらい。額が広く、口元から顎にかけての線が鋭角的だった。誰もがキャリア官僚と判断しそうな顔だちの男だ。スーツは濃紺で、ブランドもののようだ。襟を見たが、バッジはついていない。黒いビジネスバッグを手に提げていた。

もうひとりは、五十代だろう。地味なグレーのスーツを着ている。几帳面そうな痩せ型の顔に、いくらかオールドファッションと言えるセルフレームの眼鏡をかけていた。やはり黒いビジネスバッグを提げている。物腰から、若い男の部下かもしれないと判断できた。

若い男は、自分の腕時計に目をやってから、長野由美をまっすぐに見つめて言った。

「警察庁長官官房監察官室、藤川と言います。いま本部長にも、本庁から連絡が入ったところと思います。本部長にお目にかかりたいのですが」

長野由美は、監察官、という言葉に動揺した。きょう監察官が来庁するとは、朝礼でも聞いてはいなかった。とにかく本部長に連絡したらよいのだろうか。

そのとき、カウンターの下で電話が鳴った。長野由美が受話器を取って受付ですと名乗ると、相手は言った。

「奥野だ」本部長ということだ。奥野本部長は言った。「そちらに、監察官がこられるはずだ」

長野由美は答えた。

「はい、ただいまお見えになりました」

「もう？　では、ただちにご案内してくれ。部屋まで」

「はい」

長野由美は受話器を戻してから、藤川と名乗った監察官に視線を戻して言った。

「お待たせしました。ご案内いたします」

藤川はうなずいた。

長野由美は、椅子から立ち上がりながら思った。この監察官たちにも、訪問者帳に記名させなくてはならないだろうか。入館証を渡して胸に下げてもらうべきなのだろうか。

素早く若い監察官を見た。尊大そうだ。どんな場所でも特別扱いされることに慣れた顔に見える。レストランでも空港でも、満員の日の札幌ドームでも。余計なことはしないほうがいいだろう。それが庁舎管理規則に触れるというのなら、直接の責任者が応対すればよいのだ。

長野由美はふたりの来庁者たちに会釈して、エレベーター・ホールへと向かった。

エレベーターのドアが開いた。

目の前に、ふたりの制服姿の男が立っていた。藤川春也にも、ひとりの男の顔はわかった。北海道警察本部長の奥野康夫だ。東京の放送局のニュースでも、このところの道警の不祥事がらみでよく登場していた顔だ。もうひとりは、秘書室長の広畑だろう。

警察庁採用の警察官である藤川春也警視正は、女性職員のあとについて、エレベーターを降りた。

職員が引き合わせる暇も与えずに、本部長の奥野が頭を下げた。

「本部長の奥野でございます。このたびの監察の件、たったいま警察庁監察官室から連絡を受けたところでございます」

藤川は言った。

「監察官室の藤川です。ご協力、お願いできますか」

「もちろんでございます。なんなりとお申しつけください。それにしても、通常とはべつの突然の監察には、何かわけでも？」

「長官の判断です」藤川は部下を紹介した。「こちらは監察官室の種田主査」

奥野が頭を下げた。その横で、秘書室長が言った。

「秘書室長の広畑でございます。細かな用件はわたしに直接言っていただければ」

「まずは、どうぞこちらへ」と、奥野が廊下の先を示した。

廊下を歩きながら、藤川は訊いた。

「百条委員会で証言した津久井巡査部長は、いまどこに配属ですか？」

「津久井ですか？」

奥野本部長が、広畑秘書室長に不安そうな目を向けた。

広畑が、緊張した顔で答えた。

「彼はいま、ええと、道警警察学校です」

「教官として？」

「いいえ、総務係だと思います」

「学校は札幌市内ですか」

「はい」

「呼んでください。彼には訊きたいことがある」

奥野が立ち止まり、振り返って訊いた。

「ということは、彼の証言が監察対象ってことですね」

藤川は首を振った。

「ちがいます。だけど、事情を聞かなければなりません」

奥野の表情に、かすかに失望の色が走った。

札幌市の南郊、住宅地のはずれの谷間に、北海道警察本部の警察学校がある。

もともとここは、エドウィン・ダンというアメリカ人農業指導者が拓いた牧場のあった場所で、終戦後は米軍がキャンプを置いた。講和条約が発効して米軍が引き揚げた後、そのキャンプの施設を一部引き継いで、北海道警察本部がここに警察学校を設けたのだった。札幌オリンピックがあったとき、学校は牧場の南端へと移転して現在に至っている。隣接して機動隊の宿舎、学校の自動車練習場、射撃訓練場、それに競技グラウンドがある。

津久井卓巡査部長はそのとき、警察学校の前庭で芝生を手入れしているところだった。そもそもは牧場跡地で、しかも米軍キャンプの置かれた場所であるから、学校敷地内の空き地はすべて芝生となっているのだ。その手入れにはもちろん造園業者が関わっているが、職員が散水や芝刈りに動員されることもあった。この日は学校長の指示で、総務係営繕担当の津久井が、芝生の傷んだ箇所に新しいロール状の芝を貼っていたのだった。出動服のズボンに編上靴、上はオリーブ色のTシャツ姿だった。

本部からも、一部の教室からも、庭仕事をする津久井巡査部長の姿はよく見えているはずである。津久井は、この天気のよい朝、なぜ自分に芝貼りが指示されたか、よく承知していた。自分は昨年の百条委員会で道警の不正について証言したために、「飛ばされて」

この警察学校に配属となったのだった。それも教官としてではなく、総務係の営繕担当として。警察官として受けた訓練も、キャリアも、専門性も、何も生かすことのできぬ職務だった。外部業者にまかせても十分という仕事だけをこなすのだ。

その姿を見て、警察学校で訓練を受ける新任の警察官たちは、ひとつのことを学ぶ。組織を売るな、うたうな。もしやれば、そのあとどんな人事が待っているか、よく見るんだ。教室の蛍光灯を交換したり、射撃訓練場の土嚢を積み替えたり、あるいはきょうのように、庭で土まみれになって芝を手入れしている津久井卓巡査部長がよい見本なのだ。あのようになりたくないなら、言動には気をつけろと。

だから自分は逆に、自分の姿を見せることとで、組織の腐敗を証言することとの意義を、多くの訓練生たちに伝えねばならなかった。ふてくされたり、投げやりになったりしてはならない。この報復人事にうちひしがれた様子を見せてはならない。正しいことをしたことの誇りと自尊心は、いささかも萎えていないことを、訓練生たちに見せねばならなかった。正しいことをした警官を、誰も打ちのめすことはできない。組織の報復といったところで、せいぜいのところ、この程度のものでしかないのだと。

ただし、と津久井は思った。異動からもう八ヵ月、そろそろ退屈していることはたしかだった。

そのとき、視界の隅に、学校長の姿が映った。こちらに向かってくる。津久井は仕事の手を止めた。

学校長の山岸数馬(やまぎしかずま)は、もうじき定年という警視正だった。ノンキャリアながら、定年間近についにこの地位まで昇った苦労人警察官だ。かつてはかなり恰幅(かっぷく)のいい男だったというが、四年前に胃の三分の二を切除してからは、いまのように細身の神経質そうな男となったのだという。しかし、本来はひとあたりのよい、世話好きな人物らしい。彼を慕って周りに集まる年下の警察官は多いという話だ。仲人(なこうど)をした部下の数が五十人以上だという。道警での最後の職場が警察学校なのも、彼のそのような資質を本部が評価しているせいだろう。もっともだからといって、津久井の上司として、山岸が津久井にとくべつ好意的であったり、同情的というわけでもなかった。

山岸は歩きながら声をかけてきた。

「津久井くん、その仕事は放(ほう)っておけ。本部から呼び出しだ。至急出頭せよと」

津久井は立ち上がりながら訊(き)いた。

「本部から? 何でしょう?」

「さあ。警察庁から特別監察が入ったそうだ。秘書室から電話があった」

「特別監察?」

「そうだ。本部長からの出頭指示ということだな。早く着替えて、すぐに行ってくれ。送らせる」

監察が自分とどういう関係がある？　津久井はいぶかった。このおれに対する監察？　まさか。警察庁は、去年のあの証言をいまになって、問題にしようというのか？

たしかに北海道警察本部は、制度上、警察庁によって直接監督・指導されている。他府県の県警本部は、警察庁の管区警察局によって指導・監督を受けているが、北海道には管区警察局がない。行政域の広さが他の地方の管区ほどもあるので、とくに管区警察局は置かれず、直接警察庁の監督のもとに入っているのだ。この点は警視庁と似ている。

しかし、警察庁の監察官が、道警本部全体ではなく、一警察官の振る舞いに対して特別監察を行ったという例はあるのだろうか。道警の一警察官の「不祥事」など、道警本部自体にまかせておくべきことであるはずだ。

学校の本庁舎へ向かって歩いてゆくと、山岸が不安そうに言ってきた。

「津久井くんね、きみ、まさか警察学校のあることないこと、警察庁に訴え出たなんてことはないよね」

津久井は苦笑をこらえて答えた。

「いいえ。何も」

「知ってのとおり、ここでは裏金作りなんてことはやってないよ。少なくとも、わたしが赴任してきた一年前から、そんな不正はありえないからね。去年、うちの役場は膿(うみ)を出し切ったんだし、監察官に突っ込まれるようなことはないんだよ」

「わたしにも、何のことだかわからないんですよ」

「きみに関わることであるのは、たしかだと思うが」

「出頭してみればわかりますね」

「身に覚えはないんだね」

「まったく」

山岸は、小さくため息をついて言った。

「わたしは、来年定年だよ。気持ちよく退職したいと思っていたのに」

「監察は、警察学校のことではないと思いますよ」

山岸は首を振って頭をかいた。津久井に否定してもらっても安堵できないという表情だった。


藤川春也警視正は、道警秘書室長の広畑賢三のあとについて、そのフロアに降り立った。種田良雄主査も、自分に従っている。

フロアの職員や捜査員たちの視線が、藤川たちに集中した。室内は静まって、声がまったく聞こえなくなった。

秘書室長の先導で、藤川たちはまっすぐに生活安全部長のデスクに向かった。生活安全部長の韮崎が、あわててスーツのボタンを留めながら立ち上がった。

藤川たちは部長のデスクの前に並んで立った。生活安全部長の韮崎が、おそるおそるという表情で三人の顔を見比べた。

秘書室長の広畑が言った。

「警察庁から、特別監察だ。警察庁の藤川警視正と、種田主査。生活安全部の組織、人事、職掌、実績などについて総合的に監察される。監察官には、いっさいを優先してご協力を申し上げるように」

韮崎はまばたきしている。

韮崎は道警本部採用の幹部警察官だ。前任者は、三年前に道警を揺るがした郡司徹警部事件のあと、警察庁から送り込まれたキャリアだった。生活安全部の監督強化のためだ。しかしそのキャリアまで不祥事を起こして自殺した。道警本部は、やはりキャリアにはまかせておけないと、生活安全部長の椅子を警察庁から奪い返したのだという。藤川は、きょう監察に入る準備として、これら道警の人事については、多少の予習をしてきた。

その韮崎が言った。

「は、もちろん最優先で監察に協力いたしますが、うちの何を?」

広畑が言った。

「直接監察官から話があるだろう」

藤川は韮崎に言った。

「警察庁監察官室の藤川です。こちらはわたしを補佐する種田さん。われわれが監察を担当します」

藤川が韮崎に頭を下げた。

部屋の奥のデスクから、ひとりの捜査員が立ち上がった。彼は監察官に視線を向けずに、奥の出入り口へと歩きだした。

藤川は、素早く振り返って厳しい調子で言った。

「待て。動いていいとは言っていない」

その言葉の鋭さに、フロアの全員が驚き、身を縮めた。出入り口に向かっていた警察官も立ち止まり、首をすくめて、藤川の顔色をうかがってきた。

藤川はフロア全体を見渡しながら言った。

「全員その場から離れるな。パソコンを使っている者は、キーボードから手を離せ」

フロアを出ようとした警察官は、ばつが悪そうに自分のデスクにもどった。

藤川は、もう一度生活安全部長の韮崎に向き直り、声だけは部屋の全員にも聞き取れるほどの声で言った。

「部局への直接の監察が異例なのは承知しています。本部長にも伝えましたが、これは長官じきじきの指示の監察です。ご協力、よろしくお願いします」

　菲崎が言った。

「もちろんです。ただ、うちに、何かじきじきに監察が必要なことでもありましたか？　思い当たることがないものですから」

「警察庁には、監察に入る理由があります」

　広畑が横から、申し訳なさそうに言った。

「事前にご連絡がありましたら、すぐにも監察に入れるよう、資料なども取り揃えておいたのですが」

　突然の事態に困惑し、愚痴を言っているようにも聞こえた。

　菲崎が藤川に訊いた。

「わたしたちは、何をしたらようございますか、監察官」

　藤川は答えた。

「まず、こちらが求める書類を揃えてください。それから、部長には、ここの会議室でいろいろ聞かせていただきます」

「は」菲崎は心細そうな顔になった。「部下たちは、通常の職務を続けてかまわないんでしょうか」

「緊急のものだけ。その担当者だけは、出て行かれてけっこうです。そうでない仕事であれば、明日以降にまわしてください。できるだけ多くの職員さんに、この場にいてもらう必要があります。必要に応じて、話を聞かせてもらうことになります」

広畑が韮崎に言った。

「粗相のないように、監察をお手伝いしろ。どんな便宜でもはかって差し上げるんだ。いいな」

「は」韮崎は、生活安全部の部下たちを見渡してから言った。「聞いたとおりだ。緊急の用件以外では席をはずすな。監察官さんたちに協力しろ」

「ありがとうございます」藤川はうなずいて言った。「まず部長、書類を揃えていただきます」

種田が、自分の書類鞄から一枚の事務用箋を取り出した。

「このリストにあるものを。台車と段ボール箱も」

「持っていってしまうのですか?」

藤川が答えた。

「まず振り分けます。必要なものは、本庁に持ち帰って精査します」

韮崎は、事務用箋を受け取ると、庶務係の婦人警官を呼んでそのリストを渡した。

藤川が言った。

「では部長。一緒にきていただけますか」

韮崎は、かすかに怯えた表情を見せてうなずいた。

津久井は、そのグラスタワーの正面エントランスの前で警察車を降りた。学校長の山岸が、札幌方面南警察署の警察車を手配してくれたのだ。おかげで真駒内の警察学校からこの本庁舎まで、二十分でくることができた。

このビルに入るのは、ほぼ八カ月ぶりだった。昨年十月の定期異動の時期に、津久井はそれまで二年半在籍していた北海道警察本部・生活安全部から、北海道警察本部警察学校の総務係に異動となった。十月一日付けで警察学校に移ったあと、津久井はこの道警本部ビルに足を踏み入れたことはなかった。

呼吸を整えてから、ガラス戸を抜けてロビーに入った。正面に受付がある。通常、来訪者はここで氏名を記録され、入館証を渡されたうえで、そこから先への進入を認められる。道警の警官ながら、本庁配属ではない津久井も、手続きは例外ではない。

受付のカウンターにまっすぐ進むと、ふたり並んでいた受付の女性のうちひとりが、おやと意外そうな表情を見せた。津久井もかつては軽口を叩いた長野由美だ。

長野由美が言った。

「津久井さん、また何か？」

「そうだ。また何かさ」

津久井はジャケットの胸ポケットから財布を取り出し、道警本部共済組合の会員カードを提示した。道警の警察官が管内の施設などに出向いたとき、警察手帳を提示することはまれだ。たいがいはこの共済組合カードを身分証明書代わりにしてすませる。長野由美は顔を知ってくれている相手とはいえ、入館には必要な手続きだった。

長野由美は、ばつが悪そうに言った。

「ごめんなさい。余計なことを言ってしまいました」

「べつに」

「秘書室ですね」

長野由美はカウンターの内側で受話器を取り上げた。

津久井はその場に立ったまま、ロビーを見渡した。

ちょうどエレベーターのひとつのドアが開いた。降りてきた男たちの中に、知った顔があった。同じ生活安全部にいた捜査員だ。郡司事件のあとに異動してきたので、一緒に仕事をした時間は短かったが。米原（よねはら）という、津久井よりも五歳年上の捜査員だった。部にはいまベテラン捜査員がいなくなったので、苦労しているはずである。

米原は、驚いた顔で津久井に近づいてきた。

「珍しいな。どうした?」

津久井は答えた。

「急に秘書室から呼ばれたんです。特別監察があるとか」

「へえ」米原は、ふと思い出したという顔になった。「いまの件、関係あるかな」

「なんです?」

「生活安全部に特別監察が入った。監察官が、書類を運び出していったぞ」

「監察は、生安に入ったんですか?」

長野由美が言った。

「津久井さん、秘書室まで上がってほしいとのことです」

津久井は入館証を受け取って胸に下げ、米原に言った。

「わたし個人についての監察かと思いました。生活安全部全体ですか」

米原が言った。

「あんたも呼ばれたとなると、郡司事件のことを蒸し返すのかな」

「決着はついているはずですけれどもね」

「とにかく、マジの監察みたいだ。警務部からも、ファイル対象者に関する書類がひと箱、持ってゆかれたそうだ」

ファイル対象者とは、私生活や素行に問題があると見られる警察官のことだ。いったんファイルが作成されると、その警察官がどこの所轄署や部局に異動になろうと、ファイルそのものもついてまわる。上司は対象者に対し、必要に応じ、監督と指導を行うことになる。

米原が言った。

「ファイル対象まで監察ってことは、やっぱり第二、第三の郡司警部の洗い出しなんだろうな」

「何か特別な事件を調べてるのかもしれない」

「それにしても、本部の一セクションに警察庁じきじきの監察なんて、あることなのかい？」

「どうなんでしょう。わたしがいたときは、一度もない」

「何か、よっぽどのことがあったんだな。警察庁長官の面子でもつぶれるようなことだ」

「そうなんでしょうね」

もしかすると、と津久井は思った。これは想像以上に何か大きな不祥事についての監察ではないのか。でも、それはいったい何だろう。裏金問題については内部での調査と処理は終わった。それにあれは、道警本部全体の問題であって、生活安全部の不祥事ではない。その生活安全部にしても、三年前の郡司警部の不祥事以来、目立った問題は起こっていないはずである。誰もが萎縮してしまったと周囲が評するほどに、その後の生活安全部はおとなしく、静かになった。少なくとも、津久井が異動するまではそうだった。その結果、薬物と拳銃の摘発実績がすっかり落ちてしまっているが。

もしかしてそれが問題なのか？　道警本部生活安全部はいま怠惰であると。

米原が言った。

「またどたばたにならなければいいな」

「そうですね」

津久井は米原に手を振って、エレベーターへと向かった。監察官に会う前に、まずトイレに行っておく必要がありそうだった。

会議用テーブルの向こうに、三十代と見える男と、いくらか年配の男が腰掛けている。

三十代の男は、神経質そうな細い顔だちだった。口元のあたりがどこか皮肉っぽく見えた。脂気のない髪を横分けしている。上着を脱いで薄いブルーのシャツ姿だ。シャツの胸には、ＨとＦのアルファベットが刺繍されていた。男はゆったりと裑を取ったそのシャツを腕まくりしている。腕時計は、スイス製のアナログの高級品だ。津久井にもすぐそのブランドがわかる品だ。男が自分の前に置いているのは、艶消しの黒いモバイル・コンピュータだった。

年配の男は、控えめそうな顔だちの五十男で、表情と物腰から、三十代の男の部下とわかる。つまりノンキャリアなのだろう。警察官ではなく、警察庁の職員らしい。彼が自分の脇に開いているのは、A4ファイル・サイズのラップトップ・コンピュータだ。テーブルの上にはさらに、書類ホルダーや大部のプリントアウトが積み上げられている。

若いほうの男は、津久井に椅子を勧めてから言った。

「警察庁監察官室の藤川です」

藤川と名乗った男は名刺をテーブルに滑らせてきた。警視正だった。

藤川は、隣の年配の男をてのひらで指して言った。

「こちらはわたしを補佐してくれる、監察官室の種田主査」

津久井は自分の所属と階級を名乗った。

藤川と名乗った監察官は言った。

「百条委員会で証言しましたね」

去年の、北海道議会での証言のことを言っている。道警本部が裏金問題で揺れていたとき、津久井はこれを糾明する百条委員会に証人として呼ばれたのだ。道警本部の中には、いわば組織の恥部を明らかにするこの証言を喜ばない者も多かった。しかし現場の警察官の多くは、裏金作りという自分たちの不正を恥じていたから、証言した津久井をひそかに讃えてくれた者も少なくなかった。

けっきょく議会の追及もあって、道警本部はその五年前までは不正があったことを認めることになった。幹部たちがカネを出し合って、不正支出分を北海道庁に返還した。ひとりの警部補が、公金横領で懲戒免職となった。数年間にわたって道警本部全体を揺るがしたスキャンダルは、この警部補の懲戒免職をもって幕引きとなったのだった。

津久井は答えた。

「はい。いたしました」

「大胆なことでしたね。圧力もあったでしょうに」

津久井は藤川の顔を見つめた。

非難しているのか。警察庁のキャリアたちには、自分の名と顔は、警察組織を売った裏切り者警官として覚えられているのではないのか？　もちろん津久井自身は、議会の委員会で証言したことを後悔してはいない。ただし、それがまるで組織を売ったことのように語られることについては、口惜しさはある。自分は組織の不正について証言したつもりであったが、同僚たちの中にはそれを、警官社会全体への裏切りと受け取っている者もいるのだ。

藤川の顔からは、言葉の真意を読み取ることができなかった。

「あのことが、いまになって監察の対象になるのですか？」

「あの一件の周辺のことを調べたい。あなたを呼んだのは、協力を願いたいからです。かまいませんね」

「かまうも何も、監察なら、どのようにでも」

ドアがノックされて、女子職員が顔を出した。トレイの上に、紙コップを載せている。女子職員は、黙礼して会議室に入ってくると、藤川と種田の前に紙コップをひとつずつ置いた。

部屋を出て行こうとするその職員を、藤川が呼び止めた。

「スターバックスのカフェ・ラテをお願いしたはずだ」

女子職員は、とまどったような顔で言った。

「カフェ・ラテです」

「どこのだ？」

女子職員は、スターバックスとよく似たシンボルマークを使っている喫茶店チェーンの名を答えた。

藤川が言った。

「ぼくはスターバックスのカフェ・ラテは取れるかどうか、確認したね。どうだった？」

「あ、はい」その女子職員は狼狽（ろうばい）を見せている。「そうです」

「だからぼくはお願いした。無理なことを頼んだつもりはない。でも、どうしてちがうものが出てくるんだ？」

　女子職員の狼狽はいっそう激しくなった。

「申し訳ありません。同じだと思ってしまいました」

「これはいらない。下げてくれ。近所にないならないでいいんだ」

「ほんとうに申し訳ありません。すぐに」

　女子職員は、藤川の前の紙コップをトレイに載せてから、種田を見た。

　種田は、自分はこれで十分というようにうなずいた。

　女子職員が部屋を出ていったところで、藤川が種田に顔を向けて訊いた。

「またやりすぎたかな」

　種田が微笑して答えた。

「ええ」

「言葉が通じていなかったとわかったので、裏切られたような気がしたんだ」

「あの子たちは、言葉はアバウトですよ」

「よく意思疎通ができるものだな」藤川はまた津久井を見つめてきた。「どこまででしたか？」

　津久井は答えた。

「わたしに協力しろと」

藤川はうなずいて言った。

「そうでした。いま、道警本部の組織と人事の原則について、いろいろ聞かせてもらっています。とくに生活安全部のですが、あなたからみて、いまの生活安全部の組織と人事に何か問題点はありますか？」

津久井は質問の真意がわからず、慎重に聞き返した。

「どういうことでしょう。わたしはいま警察学校配属です。本部の組織や人事について、あれこれ言える立場にはありません。事情もよく承知していません」

「では質問を変えましょう。道警本部は、あの郡司警部事件以来、ひとりの警官を同じ職場には七年以上置かないと決めた。同じ地域での勤務も十年まで。この原則というのは、徹底されていますか」

「ええ」津久井は答えた。「徹底したものです。おかげで、どこの署にも、地域と職務に通じたベテラン警官はいなくなってしまった。検挙率も大幅に落ちました」

「その代わり、郡司警部事件のような、癒着や腐敗もなくなる」

やっと監察官が何を気にかけているのかがわかってきた。彼らは、郡司警部事件から三年近くたっているのに、まだ生活安全部には第二、第三の郡司警部が残っている、と考えているのだろう。しかし、組織上もうそれはありえないだろう。いまの生活安全部では、癒着を望んでもそれがかなわぬうちに異動になる。そもそもいまの銃器薬物対策課には、三年以上在籍している者がいないのだ。

津久井は言った。

「たしかに、いまは、郡司事件のようなことはありえないと思います。それができるようになる前に飛ばされますから」

「銃器や薬物ではなく、風俗関係や買売春の取り締まりでも、そうかな？」

「よく知りませんが、事情は同じようなものでしょう」

「噂とかを聞いたことは？」

「ありません」

「しかしわたしたちには、現場の生活安全関連の部署で、モラル低下が起きているという問題意識があるんです」

「道警本部に？」

「いえ、方面本部でも、所轄署でも」

「現場の士気が落ちているのはたしかだと思います。とんでもないドジまで続いています」

「おかげで、日本の警察全体が笑われている。まるで」藤川は、アジアの国の名をふたつ出した。「あのあたりの警察と同じに見られている。国辱ものだ」

「道警のせいで？」

「直接には」藤川は、言い過ぎたというように首を振ってから、調子を変えて言った。「隣に小さい部屋があります。わたしが呼ぶまで、その部屋で待機してもらえますか。あなたから教えてもらえることは多そうだ」

それはまるで軟禁ではないか。事実上の身柄拘束ではないのか？

津久井は不安に思いつつ訊いた。

「わたしに何かの容疑がかかっているんですか。それとも、百条委員会での証言が蒸し返されるんでしょうか」

「ちがいます。安心してください。ただ、なにごとも包み隠さず、話してほしいだけです。たとえ道警には都合の悪いことでも」

「調書は取られるのでしょうか」

供述調書なら、容疑はかかっていない、というのは真実だということになる。これがもし最初に黙秘権について説明を受けた場合は、被疑者調書ということになる。自分に何かの容疑がかかっているのだ。

藤川も、津久井の質問の意味に気づいたようだ。彼は微笑してから言った。

「調書は取りません。黙秘権についても、説明しない」

「わたしが適任かどうかわかりません。どうしてわたしが呼ばれたんでしょう」

「あなたは一度うたった警官だから」

率直すぎるくらいに率直な返答だった。津久井はその答えかたに、逆に藤川の真摯さを感じた。いいだろう。とことん協力しよう。

午後二時過ぎまでのあいだに、津久井は四度、藤川たちが陣取る会議室に呼ばれた。

藤川は、生活安全関連の事件の報告書や、許認可に関わる書類を精査していた。書類の中には、道警の警官でなければ背景が理解できないレポート類が数多くまじっていた。ましてや、書類に出てくる人名については、警察庁からやってきた監察官には、記号以上のものとしては目に入らないだろう。藤川は、誰か実情に詳しい者の説明を必要とするときだけ、種田を通じて津久井を会議室に呼ぶのだった。

質問されることを通じて、津久井は理解した。やはり藤川は、第二、第三の郡司警部が存在するのではないかと疑っているのだ。ただし、その警察官は郡司警部のように目立ってはいない。ドイツ製乗用車の複数所有や高級マンションの所有について、密告されてもいないようだ。拳銃摘発のように、派手な実績を挙げているわけでもない。また、関連する不祥事のひとつひとつは、それ単独では犯罪者や犯罪組織との癒着など到底疑い得ない小さな事案ばかりだった。津久井は質問を受けながらも思った。これは、砂浜に散らばる巻き貝の分布について、何らかの傾向なり法則性を見いだす作業に近いのではないか。

しかし、津久井はその想いを口にはしなかった。

午後の四時になった。

津久井は藤川に呼ばれて、新しい指示を受けた。

「札幌を少し案内してくれないか」

はいと答えて、津久井は会議室を出る藤川と種田に従った。

生活安全部のフロアまで降りると、藤川は種田と津久井を入り口の前に残して、生活安全部長のデスクの前まで歩いた。

韮崎が身構えるように立ち上がった。

藤川が韮崎に言った。

「次は大通署に行きます」

韮崎が言った。

「いま公用車をまわします。本部長が同行させていただくことになるかと思いますが」

「不要です。公用車だけお借りしましょう」

「でも、運転が」

藤川は津久井を指さした。

「運転は彼にお願いしてあります」

韮崎が津久井に視線を向けた。何か余計なことをうたっていないだろうなと、その憤怒(ふんぬ)

の顔が言っていた。

藤川はさらに続けた。

「大通署の副署長に、わたしが行く旨、伝えておいていただけますか」

「は、ただいま」

藤川が、部屋の出入り口へ向かって歩きだした。種田がこれに続いた。津久井は韮崎に頭を下げてから、監察官に続いた。視線の隅で、韮崎の目がいっそう吊り上がっているのがわかった。


本部長の公用車は、国産の黒いセダンだった。そのシリーズの最高級ランクの車だ。四千ccのV型八気筒エンジンを搭載したオートマチック車だ。本革のシートで、最新の無線システムが組み込まれている。たぶんガラスはすべて防弾仕様のはずである。

藤川と種田を後部席に乗せて発進したとき、津久井はこの車が意外に重いことに気づいた。もしかすると、ウィンドウだけではなく、車体全体に防弾対策を施されているのかもしれない。

本部ビルの車寄せから北二条通りへと発進するとき、バックミラーに秘書室長の姿が見えた。頭を深々と下げている。

津久井は運転しながら訊いた。

「訪問先は、やはり生活安全課ですか」

藤川は答えた。

「監察対象は、そのとおりです」

道警本部ビルと大通署とは、わずか二ブロックしか離れていない。北二条通りを東に二ブロック走り、左に道庁のフェンスを見て右折すると、もう右手が大通署の庁舎だった。

津久井は公用車を駐車場に入れて停めた。駐車場警備の警官がすぐに運転席をのぞきこんできた。

津久井は、ここでは自分の警察手帳を提示して言った。

「警察庁の監察官をご案内してきました。特別監察で大通署に」

若い警官は、意外そうに後部席の藤川たちを見つめた。

藤川たちは、頭を下げるでもなく正面を見つめている。

「通って」警官は言った。「左側。来客スペースに」

通用口の前で公用車を停め、ふたりに降りてもらった。そこに、大通署の署長らしき幹部警察官が駆けつけてきた。

藤川が、運転席の外から言った。

「終わるのが何時になるかわかりませんが、待機していてください」

「はい」

藤川と種田は、署長に先導されるように、通用口から大通署ビルに入っていった。


藤川春也監察官は、札幌方面大通警察署の杉野武司生活安全第一課長に訊いた。

「率直なところを伺います。売春防止法関連では、全国有数の繁華街を抱える大通署生活安全課は、去年ただの一件の摘発もおこなっておりません。この法律で検挙、逮捕した実績もない。全国の県警の数字と比較してみても、奇妙すぎます。説明できますか？」

生活安全課の陣取る四階フロアの会議室である。大きな会議用テーブルをはさんで、藤川と種田のふたりが、生活安全一課長である杉野武司警部と向かい合っている。

杉野課長は、かなり緊張した顔でこの会議室に入ってきたのだが、いま質問を聞いたところで、ふっと顔をゆるめた。

彼は藤川と種田を交互に見ながら答えた。

「それについては、お答えできます。うちはこの数年来、薄野の商店街、振興組合、それに札幌市とも協力しまして、薄野の浄化を強力に進めてきました。札幌市も昨年十二月に浄化条例を施行しましたし、これを受けて、条例発効後すぐに薄野地区に対して特別取り締まりを実施しております。署長以下、捜査員と警察官百二十名を動員しての一斉大規模取り締まりでした。警視庁の歌舞伎町浄化作戦と同じですな。それ以降は、摘発するだけの犯罪が、薄野から消えたのです」

藤川は、その答を予想していた。

ちらりと自分のノートをのぞいてから、杉野にさらに質問した。

「そのときの摘発は、非合法のアダルト・ソフトを売る店を一軒摘発。中国式マッサージの店一軒摘発。無許可営業の風俗店も二軒摘発。不法滞在外国人男性ふたりを逮捕。風俗営業の勧誘マンひとりと、客引きふたり逮捕。これだけでしたね」

「いいえ。ほかに非行少年の補導が二十人以上、駐車違反の摘発が六十件以上あったはずです」

「百二十人動員して、やったことの大半は駐車違反取り締まりと少年補導ですか」

「いやいや。あの一斉取り締まりは、わたしがここにきた直後のことですが、あの日の成果のおかげで薄野はぐんと健全で安全な街になったと、地元からもたいへん感謝されております」

「雑件だ。くだらないものばかりだ」

「は？」

藤川は、テーブルの上に少し身を乗り出すようにして言った。

「去年の暮れ、薄野のキャッチバーの客が転落死した件はいかがです？　うちでもあの件は把握しています。あれで薄野は安全になったと言えるのですか？」

「いや、あれは、事件性がないと判断できました。たしか、客が金を払わずにトイレの窓から逃げようとして転落したのです」

「暴力から逃れようとして、ではないのですか？」

「その可能性も吟味されたはずですが、そうではないとわかったんです」

「あのキャッチバーの経営者の名前は？　暴力団のはずです」

「名前までは存じませんが、知る者を呼びましょうか」

「あとにしましょう。もうひとつある。管内にタイ人を使ったヘルス・マッサージの店がいくつかあるでしょう。去年の秋、そこで働いていた十六歳の少女が、大通署に保護を求めてきたはずです。大通署は、その女の子を保護せず、逆に暴力団に引き渡した。そのことは説明できますか」

「いや」杉野の顔はまたこわばってきた。「それは存じません。そういう訴えがあったのですか？」

藤川は言った。

「タイの人権団体が、タイ警察に事情を話した。人身売買組織があると。タイ警察からその件でうちの役所に照会がありました」

「その組織というのは、札幌にある、ということでしょうか？」

「少女を使っていた店は札幌にありました」

「うちの警官が、保護を求めてきた女を、その人身売買組織に引き渡したと？」

「そのように訴えた外国人少女がいるんです。その子はもう一度逃げ出し、直接東京に向かって、タイ大使館に保護を求めたんです」

「それがほんとうだとして、そんな細かなことまで警察庁に伝えられたんですか」

「事情聴取の中身全部が、届いています。ＢＢＣなどは観ますか？」

「なんです？」

「外国のニュース番組です。ふた月ほど前に、日本の人身売買について、海外では大きく報道されたんです。外務大臣は、タイを訪問したとき、そのことについてタイの外務大臣からちくりと指摘された。国連の人権委員会でも取り上げられて、国連大使は赤っ恥をかいたそうです」

杉野は額に汗を浮かべてうなずいた。

「そういえば、観たかもしれません」

藤川は、いくらか嫌味な調子をまじえて言った。

「こんなことで外務大臣や国連大使が恥をかけば、うちの長官も恥をかくということです。

じっさい、長官は総理からもきつい言葉をもらっているんです」

「それはその、うちの生活安全課の失態なのでしょうか？」

「失態なのかどうかはまだわかりません。それを監察にきたのです。詳しいひとを、呼んでもらえますか」

「ただいま」

杉野は二分後に、もうひとりの警察官を伴って会議室に戻ってきた。

「うちのいちばんのベテランです」と杉野はその警察官を紹介した。「生安一係の鹿島浩三警部補。薄野のことであれば、どの路地のことも自分のうちの庭のように知っております」

藤川は鹿島と紹介された警部補を見つめた。

歳（とし）は五十歳前後だろうか。身長はやや小柄と言えるが、首が太く、肩幅が広かった。耳はいわゆるギョウザ耳だった。柔道の有段者だろう。顔の筋肉は全体にたるみ気味で、目が腫（は）れぼったい。不摂生を感じさせる顔だった。

「鹿島です」とその警部補は低い声で名乗った。

ふたりがテーブルの向かい側に腰をおろしたところで、藤川がまた訊いた。

「鹿島警部補。この部署は何年です？」

「は、七年目となりました」

「道警本部の人事原則では、七年同じ部署にいるのは珍しいのだろうね」

「丸七年勤務すると、機械的によそに異動ですね。わたしは来春異動でしょう」

「ところで、去年の暮れに、薄野でサラリーマンが転落死した件、覚えていますね?」

鹿島が、一瞬、顔に驚きの色を走らせた。

「覚えております。十二月二十三日の夜でした」

「被害者は、ぼったくりバーの客だったそうですね」

鹿島は、かすかに無理の感じられる笑みで言った。

「警察庁は、ああいう事件まで気にされて、監察に入るんですか」

藤川は冷やかに答えた。

「道警本部が機能していないなら、うちがやります」

鹿島は笑みを引っ込めて真顔となった。

「たしかに、ぼったくりバーの客でした。請求書を見て、金を払わずにトイレから逃げようとして転落した。真冬の、雪も凍りついてるような夜でした。店は五階にあったんです。落ちれば死にます。捜査は刑事課がやっていますから、詳しくは知りませんが」

「店の経営者を知っていますか」

「ええと」

「課長は、きみは知っているはずだと言っていたけれど」

「思い出しました」と鹿島はあわてて言った。「札幌の、金子組の企業舎弟です。今泉という男が名義上のオーナーでした」

「暴力団員ですね」

「構成員かどうかはわかりません。わたしは、暴力団担当ではないものですから」

「薄野浄化作戦ていうのをやっていながら、そんな企業舎弟がどうして堂々とぼったくりバーを経営してられたんだろう？　一斉摘発のとき、こういう店は一軒も摘発されていないが、どうしてなんです？」

「去年の一斉摘発のときには、ここは店が閉まっていたか、内偵が不十分だったのでしょう」

「他人事のように言わないでください。どうしてこの店が営業できていたんです？」

「その、薄野には多少吹っ掛ける店もいくつかありますが、摘発対象となるかどうかは微妙なレベルが大半で」

藤川は思わず鹿島にストレートに訊いた。

「だからお目こぼしだったということですね？」

鹿島は藤川を見つめて、おおげさにかぶりを振った。

「まさか。お目こぼしじゃありませんが、送検できるかどうかきわどい店は、摘発の対象からはずしたのだったと思います」

「その判断は、あなたがしたんですか？　それとも課長？」

鹿島は、ちらりと横の杉野を見てから言った。

「一斉取り締まりの指揮は、課長が執られました。わたしは警部補です。捜査指揮権のない、ただの捜査員に過ぎません」

課長の杉野が、激しく首を振って言った。

「わたしは異動になったばかりで、課長補佐や係長の鹿島くんの進言に従っただけです。わたしは、徹底的にやれと指示しました。徹底的にと」

藤川がまた鹿島に訊いた。

「この摘発の日は、違法カジノの摘発がありませんね。薄野には、違法カジノはなかったのかな？　だとしたら、薄野はほんとうに健全な街だということになりますが」

「あるという情報がありました。そのうちの一軒には踏み込もうとしましたが、でも、その日はたまたま営業していなかったのです」

「一斉摘発の日はたまたま営業していない。荒っぽいぼったくりバーも、違法カジノも」

「そういう偶然は、ないわけじゃありません」

「摘発情報が漏れていた、ということですね」

鹿島はまた大きくかぶりを振った。

「ありえません。いや、エスが、漏らしたのかもしれませんが」

エスは、スパイの頭文字Sの意味だ。情報屋、協力者のことを指す。

　藤川は言った。

「一斉摘発のことが筒抜けだったから、この日の摘発実績はこんなくだらないものだけだったんじゃありませんか？　おかげで、暴力バーは引き続き営業もできた。人身売買組織には手をかけてもいない」

「いや、筒抜けとは思いたくないですが」

「じっさい、その日たまたま営業を休んで摘発を免れた店がある」

「あっちだって、用心していますから」

　藤川はもう一度確認した。

「協力者ではなくて、生安の警察官から情報が漏れたということはありませんか」

「絶対にありえません」

　少しのあいだ、沈黙があった。

　藤川は種田に視線を向けた。

　種田は自分より二十歳年上の警察庁のノンキャリア職員だ。管区警察局にも、総計で十五年以上勤務した経験があるはずである。書類の精査なら警察庁一だという評判だった。人事であれ会計であれ統計や定型の報告書類であれ、どんな矛盾点も不整合も見逃さないという。今回、この道警本部の監察では、まだ彼はほとんど言葉を発していない。藤川が道警本部で調べてきた報告書類についても、いまだ不審点は発見していないということだった。彼の目からは、道警本部にも札幌の大通署にも、監察しなければならないほどの問題点は見いだせないということか。それとも、ただ慎重になっているだけか。

その種田が、藤川の視線に応えて言った。

「ここでは、一斉摘発の際の分担一覧が必要です。ほかに転落死についての捜査報告書、それに、去年秋の時点での地域課の配属一覧」

藤川がうなずくと、課長の杉野が言った。

「転落死の件の報告書は、薄野特別捜査隊です。地域課の配属一覧も、うちにはないのですが」

藤川は言った。

「署長を呼んでください。いまの必要書類、揃えて出してもらいます」

杉野は、かすかに口をへの字に曲げて立ち上がった。

藤川は、あとに残った鹿島に言った。

「ありがとう、警部補。また監察に協力をいただくことになるかもしれませんが、きょうはこれだけでけっこうです」

「もし生安に何か疑念があるなら、いつでも薄野をご案内します。ご自分の目で確かめていただければ、疑いも晴れると思います」

藤川は微笑を見せて言った。

「ご案内、していただくことになるでしょう」

鹿島は、頭を下げて会議室を出ていった。

種田が藤川に目を向けてきた。次は？と訊いている。

藤川は言った。

「署長に面会だ。警務関係のファイルを見せてもらう」

「いまの警部補のですか？」

「ファイル対象者全部だ」

種田はうなずいた。

4

新宮昌樹（しんぐうまさき）巡査は、駐車場の所定の位置に捜査車両を停（と）めてエンジンを切った。

中央区南の商店街で起こった事務所荒らし事件で、直属の上司にあたる佐伯宏一（さえきこういち）警部補と一緒に聞き込みに行っていたのだ。

あの本部生活安全部婦人警官殺しの件で、自分たちは不正規の捜査をおこなった。そのため大通署の幹部からは大いに不興を買った。新宮は一時は飛ばされることもやむなしと腹をくった。しかしあの一件は、見方を変えれば、本部の強引な捜査指揮に対して、所轄の捜査員が気骨を見せて独自捜査を実施、真犯人を突き止めたということでもある。現場の捜査員たちは、あのときの新宮や佐伯たちの行為に、悪い印象を持ってはいない。だから、幹部もおおっぴらな処分に出るわけにはゆかなかった。ましてや、飛ばすことなどできなかったのだ。新宮たちは、それまで通り、大通署の刑事第一課盗犯係に留まることができたのだった。

ただし、盗犯係の中で変則的な組織替えが行われた。特別対応班なるチームができて、新宮と佐伯はこのチームに編入されたのだ。本来なら係長であるはずの佐伯はこの特別班のチーフとなり、新宮は佐伯のただひとりの部下となったのだ。大規模な、あるいは悪質な窃盗事件からははずされ、単純で小さな事件ばかりを担当させられるようになった。一年前の、小樽を舞台にした組織的盗品自動車密輸事件のような、いわば「目立つ」事件からは完全にはずされている。

落ち穂拾い、と、刑事課の年配の捜査員が新宮に言ったことがある。本部長表彰の対象になるような事件はやらせないってことだ、と。お前さんたちが大手柄でも挙げたら、表彰しなけりゃならん本部長も腹立たしいだろ?

もちろん新宮自身は、いまの仕事にも十分満足している。稚内署地域課から異動してまだやっと一年なのだ。札幌大通署で刑事課の捜査員を続けていられるだけでも、新宮は満足だった。ましてや、上司は佐伯宏一警部補なのだ。十分過ぎるくらいだった。

助手席に乗っていた佐伯が、ドアを開けて降りた。

新宮は佐伯に言った。

「どうぞ。いったん上着置いてゆきますから」

「そうか」

佐伯はうなずいてドアを閉じると、地下駐車場をエレベーターのほうへ向かって歩いていった。

四台あるエレベーターはすべて上の階にあるか、上昇中だった。

ふと思い出して、新宮は地下一階のロッカールームまで階段を使うことにした。ロッカーに入れてあるMP3プレーヤーも持ち出すつもりだった。書類を調べる仕事のとき、ちょっと音楽が必要だった。

地下一階の廊下を歩いていると、親しい婦人警官と出会った。

小島百合巡査だ。生活安全課総務係の婦人警官で、彼女も佐伯や新宮と一緒にあのときの不正規捜査に関わった。彼女も、新宮たちと同様に報復人事を受けることはなかった。あのときの所属のまま、遺失物係としてデータベースの端末を相手にしている。もっとも彼女が大通署に、私物のラップトップ・コンピュータを持ち込んで使っていた件は問題視された。彼女には最新鋭のラップトップPCが貸与された。

小島百合が立ち止まって新宮に言った。

「津久井さんに、また何かあったみたい。知ってる?」

小島百合は、かつては剣道で道警代表となったこともあるという。顔だちには、剣道をする女性にふさわしい雰囲気がある。肌にまったく弛緩がなく、表情にも張りがあった。

新宮は訊いた。

「何のことです?」

小島百合が答えた。

「本部に特別監察が入ったらしい。津久井さんに出頭指示だって。きょう一日じゅう、監察官に聴取されていたみたい」

「何の件です?」

「そこまでは聞いていない。でも、例の証言のことかしら」

「終わったものだと思っていましたけど」

「いまになって、思い出したみたいね」

「ぼくらも、聴取されますかね」

「心構えはしておいたほうがいいかも。監察官はいま、ここの生活安全課にきている」

「所轄にまで? じゃあ、小島さんも心の準備を」

「ハンサムな監察官らしい。聴取があるなら、楽しみだわ。じゃ」

小島百合は、姿勢よく背を伸ばしたまま、廊下を立ち去っていった。

ロッカールームに入ると、入り口脇の掲示板に新しいポスターが貼られていた。新宮はその場に立ち止まり、ポスターに目をやった。

一枚はこういうものだ。

「道警音楽隊定期演奏会」

広報部所属のこのブラスバンドは、この数年、日本ブラスバンド・コンクールでの入賞目指して稽古に力を入れている。道警警察官採用の際、最近は学校でブラスバンドをやっていた応募者の点数が高いとも聞いている。じっさい、音楽隊の技量は十年前とは段違いのレベルにあるらしい。単独でコンサート開催が可能なだけの実力なのだ。

もうひとつは、野球試合の案内だった。

「第五十二回、札幌方面親睦野球大会」

出場チームとして、七つの名前が記されている。

札幌西署、豊平署、白石署の所轄署単位チームがひとつずつ。大通署地域課、交通課の各チーム。それに各署横断のチームとして、札幌ジャイアンツ、石狩ベアーズが出場する。この二チームは、それぞれ同好会として、ジャイアンツは五十年、ベアーズは四十年以上の活動歴を誇っている。

ポスターを確かめてから、新宮は自分のロッカーへと歩いた。ロッカーの前に立ったとき、ロッカーの裏手で声がした。数人の男が、ロッカーの反対側、あるいは通路をひとつ置いた向こう側にいるようだ。

ロッカールームは、このビルに勤務する捜査員、職員たちの息抜きの場になっている。大通署は館内禁煙ではなかったが、煙草を喫うためにこのロッカー室を使う警察官も少なくなかった。煙草を喫うためにここに降りてきている警官たちなのだろう。

「ちがうんだ」と、誰かが言っていた。ヘビースモーカーだろうと容易に想像がつく声だった。「いつもとはちがう。特別監察。生活安全部が対象らしい」

新宮は、特別監察、という言葉に反応した。小島百合巡査が言っていたのは、このことか。

べつの男が言った。

「本部だけなんだろう？　所轄まで監察ってことになるのか？」

最初の男の声が言った。

「もうきている。生安で聴取中だそうだ」

「異例も異例だ。監察はまじなのか？」

「ありうるぞ」

「だったら」と、低い声の男が言った。「流してやるさ。本部からの監察と一緒だ。適当に流してやりゃあいい。やりかたは、知ってのとおりだ」

数人の男たちが、くすくすと笑った。

低い声の男がまた言った。

「念のため、顧問にはすぐ連絡を入れとけ」

若い声が言った。

「顧問って？」

低い声が短く答えた。

最初の部分が聞こえなかったが、最後の言葉は「カイ、ノ」だった。

なんとか会の、という言葉だったのかもしれない。

男たちが控えめに笑うと、最初の煙草呑み(の)の声が言った。

「その言葉は、ここでは禁句だ」

男たちの声が、聞こえなくなった。何かまずいことでも口にしてしまったという雰囲気だった。

彼らは、ロッカーの裏にひとり、同僚がいることに気づいているのだろうか。

新宮は手早くプレーヤーをシャツのポケットに入れ、イヤホンを耳にさした。スイッチをオンにしながら身体(からだ)を揺すった。その直後に、ロッカーのあいだの通路に、男が姿を見せた。裏手にいたひとりだろう。

「お、いたのか」とその同僚警官は言った。顔は知っている。生活安全一課の巡査部長だ。

「え?」と、新宮は男に身体を向けながら、イヤホンを取った。「はい?」

「あ、いや、いい」その警官は身体を引っ込めた。

やはり、何か秘密めいたことだったようだ。意味はわからないが、特別監察? 監察されて困ることでもあるのか?

監察。流す。適当に流してやる。

どういう意味なのだろう。

答を見つけられないまま、新宮はロッカー室を出た。

時計を見た。午後の四時二十分だった。

新宮は刑事課のフロアに上がると、給湯室脇の自動販売機に向かった。ここは喫煙コーナーともなっており、喫煙者が肘をつくための丸テーブルがふたつ置かれている。ヘビースモーカーの捜査員たちのたまり場となっていた。いまも、四人の捜査員が、煙草をふかしているところだった。

捜査員たちが新宮の顔を見て、会釈してきた。新宮も会釈を返して、自動販売機に向かった。

コインを入れていると、捜査員たちの会話が耳に入った。

「あれは何だったんだ？」とひとりが訊いている。

「再捜査要求です」と、べつの捜査員が言った。「絶対に事件性のあることだから、再捜査してくれって、父親がやってきたんですよ」

声から、それが刑事課強行犯係の年配捜査員であるとわかった。万事如才(じょさい)がなく、いつも宴会の幹事役を務めている男だ。

「どの件だ？」

「去年の年末の、会社員転落死」

「あれか」と、またべつの捜査員。「あの日は、滑って怪我(けが)をした内地の観光客が、何人も出た日じゃなかったか」

「救急車の出動が十八回って日でしたね」

「それで、再捜査要求は受理かい？」

「書類だけは書いてもらいましたよ。上が判断するでしょう」

「再捜査になりそうか？」

「まさか。一度事件性はないって判断してるんですからね。ひっくりかえるはずがないです」

コーヒーが紙コップにいっぱいになった。新宮は背を倒してコップを取り出し、振り返った。

煙草を喫っていた捜査員のひとりが、ぼやくように言った。

「このところ再捜査要求が増えてきたよな。テレビのせいかな。妙な専門用語まじえて訴えてくるから、やりにくいよ」

べつのひとりが言った。

「はては、検察審査会にまで持ち込む。厄介だな」

新宮はもう一度四人の捜査員たちに会釈してその場を離れた。

新宮は、刑事一課盗犯係の自分のデスクにつくと、タイをゆるめた。

この刑事部屋には、係ごとにデスクを向かい合わせにした島が三つできている。部屋への出入り口にいちばん近いほうに、盗犯係、ついで強行犯係、部屋の最奥には知能犯係の島だった。それぞれ五人ずつの班がふたつで、ひとつの係を構成している。暴行、恐喝、放火などの暴力犯係はひとつ上のフロアである。

特別対応班の佐伯と新宮のデスクは、盗犯係の島から離れて、ファクス・マシンの裏に横並びだ。佐伯のデスクの上には、雑誌が一冊、置かれている。新宮はその雑誌の表紙に目をやった。バンド・ジャーナルだ。佐伯はサクソホーンの広告でも眺めていたのかもしれない。

佐伯は、皮下脂肪の少ない硬質な顔だちの四十男だった。髪にも身体全体にも、あまり脂っぽさを感じさせない。また、刑事っぽさも薄い男だった。佐伯本人が言うほど軟派な雰囲気はないにせよだ。

新宮は、周囲を見渡してから、フロアの誰にも聞こえない程度の声で言った。

「本部とうちに、特別監察が入ったようですよ。津久井さんが、呼ばれたらしい」

佐伯が雑誌から顔を上げて目をむいた。

「どこの情報だ？」

「いま、小島百合さんが教えてくれました」

「津久井の何を監察しようって言うんだ？」

「さあ。本部の生活安全部に入ったあと、監察官はいま、大通署の生安を調べているようです。本気の監察みたいですね」

佐伯が苦々しげな顔で言った。

「まったく警察庁ときたら」

「小島さんの話では、若くてイケ面の監察官らしいです」

「厭味（いやみ）なキャリアが、張り切って乗り込んできたんだろう」

「終わったものだと思ってましたが」

「津久井のあの証言が問題なのかな。それとも、津久井も郡司と同類だって言うのか。まさか小便取るって話じゃないだろうな」

小便を取る、というのは、覚せい剤反応検査をする、という意味だ。郡司警部の不祥事が発覚したあと、道警の内部ではお互いが疑心暗鬼になって、さかんに同僚のあることないことの密告合戦が行われた。あの当時、この検査にかけられた警察官は少なくないはずである。もちろん陽性反応が出たら、覚せい剤取締法違反の被疑者扱いとなり、身辺が徹底的に調査されることになる。

新宮は言った。

「監察官は、まさかそんな細かなことでやってきたんじゃないと思いますが」

「津久井を締め上げるってことは、おれにもお呼びがかかるかもな。心しておこう」

新宮はコーヒーをひと口すすった。

午後五時直前、もうじき当番が交代となるという時刻に、佐伯宏一に新しい仕事が命じられた。

大通署からも近い後楽園ホテルで、部屋荒らしがあったというのだ。被害者本人からではなく、ホテルからの連絡だった。

課長補佐の井上が佐伯と新宮に、臨場を指示した。佐伯たちは、刑事課の鑑識担当者と一緒に刑事部屋を出た。とりあえず被害届けを出してもらうことになるだろう。

札幌後楽園ホテルは、大通六丁目広場に面している。大通署から二ブロックという距離にあった。それでも鑑識係の荷物があるので、佐伯たちは大通署のワゴン車でそのホテルに向かった。

五十年配の支配人がすぐに事務室から出てきた。

「わたしが電話しました。部屋が荒らされていたんです」

佐伯が訊いた。

「部屋はいくつも？」

「いえ、ひとつだけです」

「被害は？」

「まだはっきりしません。被害はないのかもしれないのですが」

「被害がないってどういうことです？」

支配人は困惑を見せて言った。

「わたしにもよくわからないのです。誰かが客室のひとつに侵入して、荒らしていったことはたしかなんですが」

「発見者は？」

「お客さまです。さきほど外出から帰られて、部屋が荒らされているのに気づいた」

「ロックされていなかったってことかな」

「いえ。お客さまはカードキーを紛失されていました。フロントで新しいキーを差し上げたところ、部屋から電話があったんです。荒らされていると」

「案内してください。いま、お客は？」

「お部屋です。栗林さまという男性なのですが」

部屋は七階の南向きだった。つまり窓からは、大通公園ではなく、札幌の商業ビル街を見ることになる。

支配人がノックすると、ほどなくドアが開いた。地味なスーツを着た初老の男が顔を出した。日に灼けており、髪は薄いけれども、眉毛は太かった。現場仕事の長い男のような印象があった。

佐伯は身分証明書を男に提示して言った。

「警察です。窃盗被害に遭われたとか」

初老の男は言った。

「ほんとうに刑事さん？」

佐伯は苦笑した。一般の市民に自分は刑事と名乗っても、信じてもらえないことはたびたびあるのだ。この男には、たぶん自分は学習塾の講師かなにかに見えたのではないだろうか。佐伯自身にも、その自覚はあるのだった。

佐伯はもう一度、身分証明書を正確に相手の目の高さにかざした。

男はようやく納得したように言った。

「栗林です。被害は、よくわからないんですが。というか、盗まれたものはないようなんですが」

佐伯は身分証明書をジャケットの内ポケットにしまうと、白手袋をはめた。新宮がこれにならった。さらに大きなハードケースを提げた、鑑識担当の川本（かわもと）巡査が続いた。

支配人はうしろから言った。

「わたしは、廊下におりますので」

部屋の中へと進んで、様子を見渡した。

シングルルームで、窓際に小さなテーブルとペアの椅子（いす）がある。右手にセミダブル・サイズのベッド。左手の壁には、ドレッサー兼用のデスクとテレビがあった。

部屋の中は散らかっている。衣類や書類などが床とベッドの上に散乱していた。枕元（まくらもと）には、黒い粒のようなものが散乱している。その脇にコーヒー豆の袋があった。袋を裂いて、中のコーヒー粉をまき散らかしたのだろう。

単純な客室荒らしではないように思えた。ふつうホテルの客室荒らしであれば、金目のものを物色するだけで終える。バッグやクローゼットの中をあらため、現金やキャッシュ・カード、時計、パソコン、宝石などを探す。なかったら、散らかしたままその部屋を出る。わざわざ出るときに、無意味にコーヒー粉をまき散らしたりはしない。

昔の空き巣は、狙った家での戦果が期待はずれだったときなど、脱糞してゆくこともあったという。いまは少ない。社会やまともな市民への憎悪がそれほど激しい犯罪者というものが、少なくなってきたのだ。逆に言うならば、空き巣や窃盗も職業化している。効率重視で実行される。憎悪の捌けぐちとして犯罪が行われるのではない。

この散らかしように、何か意味はあるか？

コーヒーの粉は、白いシーツと枕の上で、無数の小さな虫がうごめいているようにも見えた。この様子になにより先に感じることは、嫌悪感だ。おぞましさだ。手を伸ばすこともためらわれるほどの。

現場の意味をつかめぬままに、佐伯は新宮に指示した。

「写真を。ひととおり撮り終わったら、部屋を出て川本にまかせよう」

新宮が、ショルダーバッグからデジタルカメラを取り出した。

佐伯は栗林に訊いた。

「詳しい事情は、外でうかがいます。この部屋の中、帰ってきたときのままですか？」

「ええ」と栗林はうなずいた。「自分のバッグは触ってます。何が盗まれたのか、調べましたから」

ナイロン製と見える黒い旅行鞄が、床に置かれている。ファスナーが開けられていた。

「何が盗まれていました？」

「それが、何もないみたいです。少なくとも、貴重品は入っていないし」

「バッグが開けられていますが」

「着替えと、仕事の関係の書類と、雑誌が入っていただけです。金目のものなどないんですが」

「キーを紛失されたということでしたね」

「はい。ホテルに帰ってきて気づいて、新しいのをいただきました」

「どこで紛失されたか、わかりますか？」

「可能性があるとしたら、薄野ってところで入った居酒屋でしょうか。きょう、薄野を見ていたもので」

「そこで掏られた？」

「じゃないかと思います。上着を脱いだのは、そのときだけなんです」

「カードキーには、部屋番号は書かれていませんよね」

「ええ。でも、わたしはカードをチェックインのときに渡された小さな封筒の中に入れておいた。掏った人間には、部屋番号はわかったと思うんですが」

「失礼ですが、栗林さんのお仕事はどういったものです？」

「電気設備の工務店を経営しています」

栗林は名刺を差し出してきた。彼は栗林正晴という名で、その肩書は栗林電設という会社の代表取締役だ。工務店は福岡市内にある。

「こんどの旅行の目的は？　おひとりですか？」

「ひとりです。旅行の目的は、じつは警察にも関係があることです」

「というと？」

「わたしの息子が、去年の暮れに薄野で死にました。転落事故として処理されましたが、わたしには納得がゆかない。事件として再捜査してくれと、きょう道警の大通署にお願いにきたんです」

佐伯は新宮と顔を見合わせた。

去年の暮れの薄野の転落事故のことは、佐伯も記憶している。ほんとうに事故で片づけてよいのかと、かすかに引っかかった一件だった。

一階のロビーで、佐伯は栗林から事情を訊いた。

栗林正晴は、自分の息子、栗林啓一の死が事故として処理されたことにまったく納得していないのだった。遺体を引き取ったときは、最後に入った店が、ぼったくりバーだとは知らなかった。警察の説明でも、息子はそうとうに酔っていたとのことだ。栗林啓一は店からの請求を見て、正常な判断ができなかったのだろう、と言われた。カネを払うのが惜しくなって、非常階段から逃げようとしたのだと。ちょうど季節は十二月の末、札幌はほうぼう凍りついていて、本州からの旅行者は転倒しやすい状況だった。トイレから非常階段に逃げようとしたが、手と足を滑らせて転落したと考えるのが妥当であると。

葬儀を終え、四十九日も過ぎて、息子を失ったことの衝撃から立ち直ると、栗林正晴はやはり事故という警察判断は奇妙だと考えるようになった。知り合いの弁護士に相談すると、栗林に全面的に同意してくれた。それで再捜査を求めることにしたのだという。

この日、福岡から札幌に着いた栗林は、いったんホテルにチェックインした後、転落現場だという薄野の第二ドルフィン・ビルまで行ってみた。萌えっ子クラブという店の中には入ることができなかったが、いくら酔っていたにせよ、トイレのドアから非常階段へと逃げようと発想できるような現場とは思えなかった。栗林は念のために現場一帯をデジカメに収めてから、大通署に向かったのだった。

大通署では、受付を通じて刑事課に出向き、強行犯係の捜査員に話をした。捜査員は、話は聞いてくれたけれども、最後に言ったという。一応上にもこの件は伝えます。ただ、警察も十分に周辺の事情を吟味したうえで、事故だと判断したのです。よっぽど新しい事実でも出てこない限り、再捜査は難しいでしょう。いずれにせよ、二、三日のうちにお返事しますと。それが午後二時過ぎのことだ。

栗林が言葉を切って、佐伯を見つめてくる。

佐伯は確認した。

「刑事課の、何という捜査員でした？」

栗林は、名刺を取り出した。

刑事課強行犯係の、平本（ひらもと）という捜査員の名刺だ。彼は五十代の巡査部長で、物腰が柔らかく、ひとあたりがよい。苦情や抗議があるとき、よく応対を命じられている捜査員だった。べつの言い方をするならば、栗林の応対に平本を当てたということは、刑事課は栗林の再捜査要求を取り上げるつもりはないということだ。適当に聞き流して追い返すつもりで、平本に応対させたのだ。

受付からの電話を受け、その判断を下したのは、刑事課長か次席のはずである。どちらも、いまの大通署には似つかわしく、部下の管理と秩序の維持についてはきわめて有能という幹部警察官たちだった。

佐伯はさらに訊いた。

「栗林さんは、そこでおとなしく引き下がったのですか」

「いいえ」栗林は言った。かすかに不愉快そうだった。適当にあしらわれたことを思い出したせいだろう。「何か新しい事実があれば、という点を突いたのです。どんな事実なら、再捜査の条件になるのかと」

「当事者の証言とか、目撃証言とか、事故ではありえないことを証明する証拠とか」

「それでも漠としていますね」

「要するに、下捜査も自分でやれと言われたのでしょう。やりますよ。そのつもりです。明日には、札幌の興信所とか、弁護士事務所とかにあたってみるつもりでした。多少の費用はかけても、再捜査のために必要な事実を揃えます」

「そのことは、平本刑事には言ったのですか」

「はい。自力でもやってみるつもりだとは言いました。もっとも、興信所や弁護士事務所のことまでは口にはしませんでしたが」

つまり、栗林正晴は、厄介でうるさい事故被害者家族として、平本に記憶されたということだ。平本の報告を受けて、課長も次席も、わずらわしいことが起きそうだと意識したことだろう。自分たちは栗林正晴に、余計な仕事を増やされるかもしれないと。

佐伯はもうひとつ確認した。

「平本刑事には、このホテルに宿泊してることは教えたのですか」

「ええ」栗林は答えた。「連絡先を聞きたいと言われたので、もしかしてすぐ返事があるかもと思い、このホテルに泊まっていると伝えましたよ。もちろん、福岡の家と会社の所在地も教えてきましたが」

「そのあと、居酒屋に行かれたんでしたか?」

「はい。警察署を出たあと、もう一度薄野に行って、現場となったビルを見てきたんです。ビルに入ろうとしたら、怖そうな黒服の兄さんたちが睨(にら)んでくるんで、引き返してきましたが」

「そのとき、その連中と何かやりとりはありましたか?」

「何をしてるって訊かれましたよ。息子がここで死んだんで、調べているんだと答えましたが」

「調べている、と言ったんですね」

「そうです。そうしたら、いちばん暴力的な感じの男に、商売の邪魔だから行けと脅されました。わたしも、それ以上は怖くて、引き下がってきたんですがね」

「そのあと、居酒屋でしたか」

「はい。ぶらぶらと薄野を歩いて、街の様子などを見ました。お昼を食べていなかったので腹も減ったし、次にどうするか考えをまとめなくちゃならない。適当な店を探しました。五時前でしたが、デパートのレストラン街などなら開いているだろうと、適当な店を探しました」

けっきょく栗林は、南四条通りを北に渡って薄野ェリアを抜け、西五丁目通りに面した居酒屋に入ったのだという。場外馬券売り場の並びにあって、その時刻でも客は五分の入りだった。

店内は、魚を焼く炉の熱気のせいで暑かった。ウエイトレスの勧めるままに、栗林は上着を脱ぎ、席のうしろの壁にかけた。このとき、財布だけはズボンのポケットに移し変えた。

店で軽く酒を飲み、海産物のつまみを取って、明日以降の作戦を考えた。警察は、新しい事実が出てこなければ再捜査はしないだろうと言っているのだ。書類を出しただけでは、警察は動いてくれない。興信所に行くか、弁護士事務所に行くかを考えた。

地元の新聞社か図書館を訪ねるということも思いついた。息子が死んだとき、その一件がどのように報道されたか調べてみても悪くない。もし事故扱いにいくらか疑念をはさんでいるような記事があれば、その記事の筆者に直接会うというのも手かもしれなかった。新聞記者であれば、取材の際に何か興味深い事実をつかんでいるかもしれないのだ。

思案しつつ酒は進んだ。ビールをジョッキで二杯、酒をお銚子で二本は飲んだろう。酒を飲みながら、食事もとった。メニューにあった炊き込み飯を注文し、焼き魚と吸い物で夕食としたのだった。

この間、自分のうしろを何人もの客が行き来した。従業員もひっきりなしに通った。最初だけ上着を気にかけたが、そのうち上着のことは忘れた。

四十分ほど前に勘定をすませて、店を出た。歩いてこのホテルまで帰り、エレベーターの前まできて、初めてカードキーがないことに気づいた。記憶では、カードキーは小さな封筒に入れたまま、上着の胸ポケットに収めておいたのだ。

フロントに事情を話して、スペアキーをもらった。そのキーで部屋に入ったところ、中はあのとおりだったわけだ。

佐伯が考えをまとめるためにコーヒーカップに手を伸ばしたとき、鑑識の川本が近づいてきた。バッグを肩から提げている。作業は終わったようだ。

川本は、佐伯の横に立つと、ふしぎそうな顔で言った。

「部屋の中、たぶん掃除のおばちゃんのものと、お客のものと、それだけのようですね。正確な分析は必要ですけど、コーヒー豆の入ったビニール袋にさえ、新しい指紋は残っていない」

「どういうことだ？」と佐伯は訊いた。

「荒らした男は、最初からたぶん手袋をしていましたよ。分析しても、犯人の指紋は出ませんね」

栗林が佐伯を見つめて訊いた。

「何が起こったというんです？」

佐伯は答えた。

「こういうことに慣れたものがやったんでしょう。たぶん、栗林さんが息子さんの死んだ事情について、何を知っているのか知りたかったんではないかという気がします。何もなかったので、警告だけして帰った」

「何の警告です？」

「息子さんの死について、詮索するなと。続ければ危ないぞ、っていうメッセージだ」

「あの店の関係者がやったということですか？」

そう考えるのが自然だった。しかしそれは、せっかく事故死として処理された事件について、あらためて警察の関心を呼ぶということにならないか？　再捜査を招来することにならないか。もっとも、いまの道警の体質では、一度事故として処理されたものが、事件として再捜査される可能性は、極端に低いが。

待てよ、と佐伯は思いなおした。おれはこのホテル荒らしを、栗林がきょう会った薄野のぼったくりバーの関係者の仕業と決めつけてしまっている。それ以外に、考えられることはないか。

栗林は大通署刑事課に再捜査を求めにゆき、応対した捜査員に、宿泊しているホテルも教えている。もしかしてこの部屋荒らしは、大通署内部から流れた情報をもとに、誰かが実行したことなのか。大通署の刑事部屋に、ぼったくりバーとつながる情報の回路があると考えるべきか。だとしたら、一見ささやかなものに見えるこの部屋荒らしの背後には、ちょっとした腐敗が横たわっていることになるが。

新宮と川本が、指示を求めるように佐伯を見つめてきた。

佐伯は、胸に湧いてきた疑念はおくびにも出さずに、栗林に言った。

「決めつけているわけじゃありませんが、一応そう解釈したほうがいいですね」

「お前らの脅しには負けないと、そう言ってやりたいところだな」

「でも、盗まれたものはないのでしたね。こうなると、被害届けも出しようがない。客室への不法侵入だけが、犯罪要件です」

「不愉快で気味が悪いけど」栗林は、渋面を作って言った。「いいですよ。被害届けは出さなくても」

栗林が立ち上がろうとしたので、佐伯は訊いた。

「息子さんの件、いまになって事件だと思うようになったのは、なぜです？　何か直接のきっかけでも？」

栗林は、外国ニュース週刊誌の日本版の名を上げた。

「先日、知り合いが教えてくれた。日本の警察が駄目になっているって特集でした。その記事の中で、マフィアとの癒着の例として、うちの息子の事故のことが取り上げられていたんです。記事には、事件がもみつぶされたのだと書いてありました」

その記事のことは知らなかった。道警が暴力団に配慮して、あの一件を事件ではなく事故としたということか。道警の捜査員たちのあいだでは、暴力団との癒着、とまでは語られなかった事故だ。状況が微妙なので立件、起訴は難しかろうと判断されたのだ、と耳にしている。そのニュース週刊誌の記事は、何か根拠があって書いたことなのだろうか。

佐伯は訊いた。

「記事の根拠はわかりますか?」

「編集部に電話してみました。そのように書くだけの事実は取材ずみだということでしたよ。道警も、その記事を訴えたりしていないでしょう?」

たしかにそうだろう。記事に気づいていないはずはないが、名誉毀損だとも事実無根だとも主張してはいないはずだ。無視できる程度の記事だということなのだろうか。

栗林は、頭を振りながら言った。

「とにかく、これであれが事故ではなかったことが証明されたようなものです。わたしはいよいよやる気になりましたよ。大通署が再捜査しないと返事してきたなら、出るところに出ます。検察審査会にも行きますよ。こちらの弁護士さんとも相談する」

「気をつけてください。この警告は、本気です」

栗林は、工務店の経営者らしく闘志を見せて言った。

「わたしが殺されたら、あんたがすぐ動いてくれるでしょう?」

「部署はちがいますが」

「警察は動きますよね」

「動きます。確実に」

「息子のときは、動かなかった」

佐伯は、いささか恥じ入りたい気分になった。

けっきょく、部屋が荒らされた件は、窃盗事件を構成していないと栗林も納得した。ただし、ホテルからの通報による不法侵入事件として、大通署盗犯係が捜査すると決まった。

大通署に戻る直前、佐伯は栗林に念を押した。

「今夜はもう、問題の店には行かないでください。行くんなら明日、弁護士事務所の誰かと一緒がいいでしょう。もし店の誰かとトラブルになったら、わたしの名刺を出してかまいません」

栗林はうなずいた。


藤川監察官と種田主査が大通署の駐車場に再び姿を現したのは、午後の五時二十五分だった。

入っていってから一時間半近くたっていた。津久井はほっとして、公用車の運転席のドアを開けた。運転手としての待機は、いささか退屈だったのだ。

大通署の署長と副署長が、藤川たちのあとから、揉み手をするような調子でついてきた。

津久井は車の外に降り立ち、後部席の左側ドアに寄って、ドアを開けた。

藤川が頭を下げて小さく言った。

「待たせてしまいました」

「どうぞ」と津久井は藤川を奥へと入れた。

種田が続いて身体を後部席に入れた。彼の黒い鞄は、一時間半前に降りたときと較べて、ずいぶん厚くなっているように見えた。書類が増えたのだろう。

署長たちと視線が合った。ふたりとも、目を丸くしてから、不愉快そうに顔をしかめた。あろうことか、運転手があの「うたった」警官の津久井だったとは、信じがたいことだったのかもしれない。

津久井はふたりに黙礼した。

公用車の運転席に戻り、ギアをドライブに入れてから、津久井はうしろの席の藤川に訊いた。

「次はどこに行きましょうか」

藤川は答えた。

「薄野ってところを、ひとまわりしてもらえるかな」

「はい。薄野のどこか、目的地は決まっていますか?」

「いや。繁華街の様子を見たいだけなんだ。そこは、歌舞伎町みたいなところなんだろう?」

「ええ。あれほどの規模じゃありませんが」

津久井は公用車を静かに発進させた。駐車場入り口で制服警官が西五丁目通りに出るのを誘導した。津久井は誘導に従って、公用車を通りに出した。

通りを走り出してから、藤川が訊いた。

「薄野には、風俗営業の店も集中しているね」

津久井は答えた。

「ええ。かなり多くありますね」

「それと薄野交番。警部派出所なんだって?」

警部派出所というのは、交番の規模を示す言葉だ。大通署の薄野交番は北海道警察本部が設置する最大規模の交番であり、地域課の警部が常駐する。警部は捜査指揮権を持つから、ここは警察署の一部署並みの独立した警察機構という言い方ができる。

「立ち寄りますか?」

「いや。前を通ってくれるだけでいい」

「はい」

大通公園を南に渡るとき、藤川がここは何だと訊いた。札幌には不案内のようだ。あるいは初めてなのかもしれない。津久井は、そこから先は問われなくても、いまどこを通過しているのか説明することにした。

「ここが南一条通り。路面電車が走っています」

「ここは狸小路。パチンコ屋街」

「ここが南四条通り。この通りの南側一帯が薄野です」

薄野に入ってさらに南下した。この季節のこの時刻、まだ昼間同然に明るいが、ネオンサインも点灯を始めている。薄野の職場に急ぐらしい男女の姿が目についた。飲食店や風俗店をめざす客らしきひとの姿はまだ少ない。薄野が賑わってくるのは、六時をまわってからなのだ。

運転しながら、津久井は案内を続けた。

「ここは南七条通り。狭い意味での薄野のはずれですが、このあたりからラブホテルが多くなります」

南九条通りまで走ってから左折した。

「ここが、広い意味での薄野の南はずれです。これから、薄野の目抜き通りに入って、中心部に戻ります」

「この通りが薄野のメインストリート。西四丁目通りです。駅前通りとも呼ばれています。

薄野というのは、この通りの左右二ブロックぐらいずつの範囲を言います」

種田が、何か書類に目を落としてから訊いた。

「南六条西五丁目。第二ドルフィン・ビルというのは？」

わからなかった。

「ドルフィン・ビル？」

藤川が言った。

「去年の暮れに、転落事故のあったビル。外国のニュース雑誌が取り上げた」

思い出した。その事故のことは耳にしている。あの現場なら、だいたいわかる。

南六条の通りを通過して中通りに入った。東京の繁華街の名がつけられた通りだ。その通りを西に抜けて、つぎのブロックに入った。風俗営業の多い一角だ。

「あの転落事故が、外国でそんなに話題になったんですか？」

冗談のつもりの質問だった。しかし、藤川はそれまで同様に生真面目（きまじめ）な調子で答えた。

「そうなんだ。日本の地方警察が地元マフィアと癒着している例として報道された。さっき大通署の生安でも事情を聞いたのだけど、納得できるものではなかったな。去年十二月の一斉摘発の成果も、道警が自慢するほどご立派なものじゃない」

これだろうかと思えるビルの前まできて、津久井は公用車を徐行させた。

「このあたりです」

ビルの前に立っていた黒いスーツ姿の男たちが、怪訝そうに公用車に目を向けてきた。

藤川と種田が、窓から外のビルを見上げた。

津久井は訊いた。

「降りましょうか？」

「いや、いい」と藤川が答えた。

車がその中通りを抜けたところで、藤川が訊いた。

「暴力沙汰の多いところなの？」

津久井は答えた。

「薄野はあまり多くはないと思いますが」

「健全ってことなんだろうか？」

「これだけ風俗営業があるんですから、けっして健全ではないと思います」

「でも、違法営業はできないだろう？」

「噂は耳にしますし、ラブホテル街もあの規模ですから、いろんな種類の違法がまったくないはずはないと思います」

西六丁目通りに左折した。

また藤川が訊いた。

「薄野周辺で、交番はいくつぐらいある？」

いあるでしょうか」

「薄野の中には、ひとつだけですが」

「周辺を含めると」

「ええと」津久井は自分が知る限りの交番を思い出して答えた。「薄野の外側に三つぐらいあるでしょうか」

「暴力団のアジトの集中する地区にあるのは?」

答えにくい質問だった。薄野で、地元の暴力団の事務所やアジトが固まっている場所となると、どこになるだろう。最大の組織、山口組系誠勇会の事務所は薄野を西にはずれたところにあるし、その傘下の十数の組織はそれぞれ、中央区内に事務所を散在させている。大通署が薄野には事務所を開かせぬよう懸命だからだが、そのぶん企業舎弟とはわからぬ名義で薄野の中に事務所を置いているはずだ。津久井は道警本部の生活安全部配属であったときも、もっぱらロシア・ルートの銃器密輸入捜査を担当していた。組織変更があって銃器薬物対策課が新設された後は、薬物取引の内偵支援が仕事だった。多少重なるとはいえ、薄野の暴力団事情についてはあまり詳しくはない。

津久井は答えた。

「どれがそうなのか、よくわかりません。交番を全部まわってみますか」

「いや、薄野交番の前まで行ってもらえるかな」

「薄野地区の交番で、何か気になるところがあるのでしたら、おっしゃってください。何か思いつくかもしれません」

「いや。はっきりした情報じゃないんです」

藤川はいったん言葉を切った。まだそのあとに、続けたい想いがある、とでもとれるような切りかただった。

津久井はバックミラーで藤川と視線を合わせてから訊いた。

「どんな情報です？」

「じつは」藤川は、重大な秘密を明かすような調子で言った。「タイ人の少女が、人買いに売られて札幌で客を取らされていた。一度ボランティアに助けられて逃げ出したんだけど、札幌の交番に逃げ込んだところ、人買いたちに引き渡されたというんだ」

藤川が、タイ大使館を通じて伝えられたというその少女の証言を教えてくれた。その少女は人買いたちのもとに連れ戻されたあと、リンチを受け、そのあと北関東の温泉地の風俗店に売られたという。少女はその風俗店からも数カ月後に逃亡、東京・目黒のタイ大使館に駆け込んで、タイから売られてきた事情の一部始終を話した。タイ大使館は、少女の証言を記録した上で、少女を伴って東京入国管理局を訪れ、タイへの帰国の便宜をはかるよう求めたという。

少女の証言は、その後タイ外務省とタイ国家警察を通じて、警察庁へと伝えられた。また、タイで活動する人権団体が、少女の証言を世界のマスメディアに発信した。日本のマスメディアはこれを無視したが、欧米の人権団体がこれを問題にして日本政府を非難した。国連人権委員会でもこの少女の一件が取り上げられ、日本の人身売買への取り組みの後進性があらためて問題とされた。

問題は、少女を娼婦として取り引きする人身売買組織が日本にあることであり、北海道の警察が人身売買組織と癒着して、その活動を幇助している疑いがあることである。外務大臣からの調査要求に対し、警察庁長官は早急の調査と報告を外務省に対して約束することとなった。

そこまで聞いてから、津久井は言った。

「ちょっと信じがたいですね。そういう組織とうちがつるんでいるって話は」

「そうかな」藤川は皮肉な調子で言った。「郡司警部事件が発覚したとき、警察庁も信じられなかった。そんなことがほんとにあるとは」

「すいません」津久井は素直に謝った。「たしかに、おっしゃるとおりです」

公用車は薄野をぐるりと回って、ふたたび西四丁目通りに戻っている。

少しひとが出ているように見えた。津久井はダッシュボードの時計を見た。液晶は午後六時五分を表示していた。ひとの流れは、北方向、つまり南四条通りの北側の商業エリアから南に向かっている。これからが薄野のオンタイムだった。

西四丁目と南四条通りの交差点までできた。薄野交差点、とも呼ばれている地点だ。北側から見ると、この交差点南側が、薄野のメインゲートということになる。交差点南側の西側に巨大ショッピングビルがあり、交差点東側、南四条通りに面して、北海道警察本部最大の交番、薄野交番がある。

津久井は交差点を右折して、交番の反対側に公用車を停めた。右手、中央分離帯ごしに、交番の建物が見える。四階建ての立方体のその交番は、勤務する警察官五十人を擁する小さな城塞である。じっさい暴走族が跋扈していたころ、連中のひとりがこの交番に乗用車で突っ込んだこともあった。薄野の治安維持のための最前線トーチカと言ってよい施設だった。

「あれが薄野交番です」と津久井は言った。「ある意味では、暴力団と向かい合っているのがあの交番ですが、訪ねますか」

「タイ人少女の証言では、交番の規模は小さかったようだ。ここじゃないな」

「いつごろの話かわかれば、当日勤務の警官たちの名前はわかります。勤務表は地域課にあるはずです」

「わかっている。もう少し薄野の中を回ってみてくれ」

津久井は再び公用車を発進させた。

一回りして、西三丁目の通りに入り、南四条通りを北に渡った。薄野を出たことになる。

津久井は訊いた。

「このあと、いかがされますか？」

藤川が、さすがにいくらか疲労を感じさせる声で言った。

「六時半からは、本部長と食事ってことになっているんだ。断る理由もなかったので」

「では、本部に戻りますね」

「戻ってくれ」

南大通りから西七丁目の通りに入った。まっすぐ北に走れば、三ブロックで道警本部ビルである。

道警本部ビルの駐車場に公用車を入れて、藤川を降ろし、キーを庁舎警備の警察官に渡した。

津久井は藤川たちと一緒にエレベーター・ホールへ歩いた。

エレベーターの前に立つと、藤川は正面のドアを見つめたまま小声で言った。

「明日も八時半にきてくれ。同じ部屋」

「はい」答えてから、津久井は藤川に訊ねた。「一応自分から、所属長に連絡を入れておきたいのですが、監察はいつまで続きますか？」

「わからん」と藤川はそっけなく答えた。「きみについては、もう数日必要だ」

「わたしは監察されているんですね？」

「いや、監察に協力してもらっているつもりなんだけれどね」

「協力なんですか？」

「最初にそう言ったじゃないか。まだ何か誤解しているか」

「何が起こっているのか、まだ飲み込めないものですから」

「協力。情報提供。背景解説。分析の支援。きみにやってもらっているのは、そういうことだ」

「お役に立っているのでしょうか」

「ああ。だから明日もきてもらうんだ。耳にしている情報は、どんな細かなことでも教えてもらいたい。きみ自身が耳となって、ほかの警察官から訊くことも、やってもらうことになるかもしれない」

耳となって？

津久井は、問い返そうとして藤川の顔を見た。

藤川は正面を見つめたままうなずいた。

藤川の顔には、かすかに焦慮めいた色が浮かんでいる。昼間、津久井に質問してきたときの余裕の顔ではなかった。この監察はさほど容易な仕事ではないようだと、ようやく気づいたようでもある。

それもそうだな、と津久井は思った。自分たちは警察学校で取り調べの技術を教えられる。現場でも先輩の横について、その呼吸を学んでゆく。でも警察庁のキャリアは警察学校に入るわけではないのだ。そもそも職能がちがうのだから。でも、キャリアにとっても監察という任務だけは、現場の刑事のような取り調べと捜査の技術が必要になることだろう。このまだ若くて社会経験も豊富とは言えない監察官には、それは手に余る仕事なのかもしれない。やみくもに権威を背景に相手を質問攻めにしたところで、得られる証言や情報は限られるのだ。

監察の目的と対象をもっとはっきり教えていただければ、と津久井は思った。自分の捜査テクニックのすべてを傾けて協力するのにやぶさかじゃないのだが。

それを口にしかけたとき、また藤川が言った。

「札幌の生活安全の部局に、何か妙なことがあるように見えるんだ。それが本部にあるのか、大通署なのか、判別ができない。それが組織的な怠慢なのか、それとも郡司警部のような個人の暴走とか癒着なのか、それもわからない。でも間違いなく、札幌の生安をめぐる状況は妙だ。少なくとも本庁はそういう感触を受けている」

そのとき正面のエレベーターのドアが開いた。警察官がふたり降りてきた。箱にはまだひとり乗っている。地下から上がってきて、上の階にゆくのだろう。

藤川は津久井に向き直って言った。

「それじゃあ、明日もよろしく」

津久井は、藤川に敬礼した。津久井の目の前でエレベーターのドアが閉じられた。

同時に、携帯電話の着信音が鳴った。

津久井が携帯電話を取り出すと、相手は山岸数馬警察学校長だった。

山岸は、緊張を感じさせる声で訊いた。

「どうだった、監察は？」

津久井は答にとまどった。

「どうって言いますと？」

「やはり、警察学校のことか？」

「ちがいますよ。全然ちがうことの監察でした」

「よかった。きみに出頭指示だから、警察学校に監察が入ったんじゃないかと心配してしまったんだ。でも、じゃあ、どこに入った監察なんだろう？」

「よくわかりませんが、本部生安関連部署に不祥事があるから、ということのようですよ」

「本部生安？」

「だからわたしが呼ばれたのでしょう」

「そうか。そういうことだったのか」

山岸は津久井に短く礼を言って、携帯電話を切った。

津久井は携帯電話を畳みながら思った。彼はいったい何を心配していたのだろう。たとえば警察学校の裏金作りについて、津久井が何か証拠でも握っていると思っていたのだろうか。去年のあの百条委員会で実態が暴露された後は、どこの部署でももう裏金作りはないことになっているのだが。

藤川春也が秘書室長室に入ると、私服姿の広畑は揉み手さえしかねないほどの低姿勢で近づいてきた。

「お疲れさまでした。本部長が、お泊まりのホテルで夕食の席を取っております。先に行っておりますが、フレンチでよろしゅうございましたか」

「かまいません」と、藤川は答えた。不機嫌さは隠しきれなかった。

「監察官は、いつまでこちらに?」

「監察の目処がつくまで。明日も公用車をお借りしたい。津久井巡査部長には、明日も協力をお願いしたいんだけど、いいかな」

広畑がおおげさにうなずいた。

「もちろんです。車も津久井も、ご自由にお使いください」

「そうさせていただきます」

「では、ホテルまでお送りいたします」広畑はデスクのインターフォンに向かって言った。「行くぞ」

すぐにドアが開いて、男が入ってきた。生活安全部長の韮崎だった。

「お疲れさまでした」と韮崎が愛想よく言った。「監察はまだ続くかとは存じますが、いくらか肩ほぐしに、お相手できたらと存じます」

これも仕事のうち、と、藤川はうなずいた。ご接待を自然に受ける能力も、キャリアの資質のひとつなのだ。

大通署に帰るため、佐伯がワゴン車に乗り込んだところで、携帯電話が鳴った。

佐伯がモニターを確かめると、かけてきたのは津久井だった。津久井とは、彼が警察学校に異動してから、あまり会っていない。電話をかけてきたのは、例の監察官から出頭指示があったという一件にからんでの話だろうか。愚痴を聞いてくれとか。

佐伯が電話に出ると、津久井は言った。

「佐伯さん、きょうの予定は？」

「もうじき終わる」と佐伯は答えた。「当直じゃない」

「署の近くで、一緒にできますか」

「三十分ほどあとでいいか。いま署に戻って報告書書かなきゃならない」

「では三十分後。どこがいいでしょう」

「何か込み入った話なら、ブラックバードでは？」

「込み入った話というわけでもないんですが」

「だけど、親しい刑事には聞かせたいって話なんだろ。ブラックバードで聞く」


ブラックバードは、狸小路八丁目にあるジャズ・バーだった。むかし道警音楽隊でテナーサックスを吹いていた退職警官がオーナーだ。大通署から歩いて十分ほどの位置にある。遅くまで営業しているし、軽食も取れる。佐伯はよくこの店を利用していた。去年、津久井にかけられた殺人の容疑を晴らそうとしたときは、この店が入居している古ビルの二階の空き部屋を、裏の捜査本部としたのだった。

佐伯と新宮は、そのブラックバードの丸テーブルに腰をおろした。店にはいまほかに三組の客がいて、酒を飲んでいる。店のスピーカーが流しているのは、アナログ・レコードのソニー・ロリンズだった。

佐伯たちのテーブルに注文のビールが置かれたとき、津久井が入ってきた。明るい色のジャケット姿だ。

佐伯は津久井に合図し、自分の向かい側の椅子を勧めた。津久井はジャケットのボタンをはずしながら、その椅子に腰をおろした。

佐伯は訊いた。

「特別監察が入ったって？　お前さんが聴取を受けているとか。何かの被疑者なのか？」

津久井は答えた。

「被疑者じゃありません。本部の生活安全部と大通署の生安が、監察を受けているんです。おれは、背景説明で協力しろってことです」

「警察庁が所轄レベルまで監察するって、異例じゃないか」

「緊急特別監察自体が異例ですよ。本部長には、今朝監察官が到着する直前まで、監察が入るって連絡はしていなかったそうですから」

テーブルに、カレーライスが届いた。佐伯がカレーライスを食べ始めると、津久井がきょうのことを話し始めた。

津久井の話では、監察官の藤川警視正の関心のありようは、生活安全部をめぐる奇妙な空気である。郡司警部事件のあと徹底的な組織浄化がはかられたはずの道警本部なのに、監察官のもとには、なお組織のタガがゆるんでいるとしか思えないような情報が集まっている。ひとつひとつの事例は細かなことであるが、その量と傾向を眺めると、組織浄化はかたちばかりだったのではないかとも思えるのだという。

警察庁がこんどの特別監察を決めた理由は、外国からの指摘だった、と津久井は言った。道警は人身売買組織と癒着があると、国際的な人権擁護団体が発表したらしい。また外国系ニュース週刊誌は、ある特集記事で、日本の警察が制度疲労を起こし、倫理の崩壊を招いていることを指摘した。その例証として、去年のぼったくりバーの客の死が「転落事故」とされた一件が挙げられているのだという。記事は、警察と暴力団との癒着をほのめかしていた……。

佐伯は、いくらか驚いた気分で言った。

「おれたちがさっき担当したのも、その転落事故がらみだよ。その週刊誌の記事がきっかけで、被害者の父親が再捜査を要求にきたんだ」

佐伯は津久井に、後楽園ホテルの客室が荒らされた一件を話した。

津久井は、ほうとでも言うように口を開けてから言った。

「あの件、けっこう大きなことだったんですね。札幌にいてはわからなかったけれど」

佐伯は、カレーライスをすっかり食べ終えてから言った。

「癒着があるようには見えないがな。郡司事件のあと、誰もが同僚たちの仕事ぶりや私生活を疑って見るようになった。少しでも不自然なら警務に密告された。じっさいに調べられた者も多かったはずだ。あの聴取をくぐり抜けた警官は、そうはいないはずだ」

津久井は言った。

「でも、監察官には、そうは見えていないようです」

「タイ人の女の子のことは、ちょっと信じられない。転落事故の一件は、いまにして思えば、たしかに捜査が不十分だったのかもしれない」

新宮が横から言った。

「あのころは、ちょうど薄野条例ができたばかりで、道警も大通署も張り切っていました。この条例があれば薄野は浄化されるって。あの条例をもとに大がかりな摘発をやった直後でしたから、ぼったくり事件なんて、あっちゃならなかった」

佐伯は新宮に顔を向けた。

「捜査指揮に、政治的な判断がまじったって言っているのか？」

「癒着なんてなかったとしても、できるだけ立件は少なくしたいっていう心理は働いたんじゃないでしょうか」

佐伯は水をひと口飲んだ。

たしかに、郡司事件のあとも、道警と大通署にはまだ何か、亡霊めいたものが跋扈(ばっこ)しているのかもしれない。同僚たちの厳しい視線をもかわす、巧妙な不正が進行しているのかもしれなかった。

新宮が言った。

「そういえばきょう、ロッカールームで監察のことが話題になっていました。誰が話しているのかはわかりませんでしたが、監察が入れば、流してやればいい、というようなことを言っていたな」

佐伯は目をむいて新宮に確かめた。

「監察を流せって？」

「ええ。適当にあしらうという意味だと思いますが」

「そういうことを話題にしていた連中がいたんだな」

「はい。ひとりだけは顔を見ました。生活安全課の巡査部長でしたよ」

「やっぱり何かあるのか」

津久井が言った。

「疑いがはっきりしているのは、タイの少女の脱出のときの一件。去年暮れの転落事故」

佐伯は記憶をまとめながら言った。

「人身売買事件となると、いやおうなくあれを思い出す」

津久井もすぐに、佐伯が何を言いたいのか理解したようだ。

「ええ」と津久井は言った。「おれも、あのことを連想しましたよ」

佐伯と津久井は、かつて警察庁直接指揮のおとり捜査に関わったことがあったのだ。東京の人身売買組織と接触するため、札幌で売春斡旋業を始めようとしている民間人を装って、疑わしい一味に近づいたのだ。七年前のことだ。

「あの一件は失敗だった。おれたちはおとりを演じきれなかった。けっきょく取り引きはできないまま、チームは解散した」

新宮が、佐伯と津久井に興味深げなまなざしを向けてくる。彼も多少は知っているはずのことだ。小島百合が話したかもしれない。

佐伯は続けた。

「あの一件、おれたちにとっても、まだ終わっていない」

津久井が言った。

「おれは、終わったことだと思ってますよ。立ち直りました」

「立ち直ったのはいいけど、思い出してみろ。おれたちは一度警官だと疑われ、きわどいところをお前の機転で切り抜けた」

あのとき自分たちは接触した一味に潜入捜査官と見破られ、佐伯は頭に拳銃まで突きつけられたのだった。あのとき、連中の判断力がもう少しだけ劣っていて、津久井の一世一代の大芝居がなかったら、自分たちは殺されていてふしぎはなかったのだ。佐伯はいまでも、あの瞬間のことを夢に見て、恐怖のあまり目を覚ます。たぶん津久井も同じだろう。ふたりとも、そのおとり捜査が打ち切られたあと、診療内科に通わねばならなかった。P

TSDとなったのだ。

佐伯は言った。

「あの晩、いったん切り抜けたのに、翌日の取り引きは流れた。約束の場所に、連中はやってこなかった。連中は、おれたちが刑事だと確証を持ったからだ。ちがうか？」

津久井が言った。

「疑いは、百パーセント晴れなかったんでしょう。刑事じゃないと確信できなかったから、取り引きを一方的に止めた」

「いや、おとりだと確証を持ったからだ」

「どうしてそう思うんです？」

「疑いがあるだけなら、取り引きを延期すればよかった。罠かそうじゃないのか、確認してから取り引きをやりなおすということもできたんだ。一千五百万の取り引きだぞ。あいつらは、おれたちが刑事だという確証を得たんだ」

津久井が佐伯の顔を見つめてくる。

警察庁はあのとき、相手の組織がおとり捜査官らの身元を洗うことを想定して、周到に架空の人格を作り上げた。札幌の薄野で、流行らないスナックを経営している男と、そこの従業員。津久井と佐伯がその役に抜擢されたのは、刑事っぽさが希薄だったからだ。音楽好きの軽薄な遊び人を演じて違和感がないからと、ふたりの警察官に白羽の矢が立ったのだった。

店自体も、わざわざ作った。空いていた店を借り、薄野のタウン誌に広告を載せ、マッチを作り、じっさいにひと月間営業もして、同じビルの同業者たちも認識できるよう工作した。もし相手の組織が札幌にひとを派遣するなり、暴力団のルートでその店がほんとうにあるかどうかを調べても、うまく騙されるよう仕組んだのだ。佐伯たち本人が見ても、それはなかなかの仕掛けだった。そんな店が実在するか、そこのマスターと従業員たちはどんな男か、それだけの調査なら十分に相手を欺くことができたろう。あの仕掛けを見破るには、少なくとも二、三日、店の周辺を嗅ぎ回らなければならなかった。経営者はその店をオープンさせる前は何をやっていたのか、どこにいたのか、そこまでを調べだすのは容易なことではなかったはずだ。

最初に接触して相手から身元をいろいろ問われたとき、相手の組織は当然そこまでは調べていたはずだ。だから、具体的な話の詰めまで、取り引きは進んだのだ。

なのにあのときは、取り引きの時間と場所が決まった翌朝には、彼らは姿を消した。おとり捜査はそこで打ち切りとなった。

佐伯は津久井を見つめ返して言った。

「あのとき、向こうさんはおれたちのことをもう一回、念を入れて調べたんだ。あの店とおれたちのことを、かなり細かいところまで調べたんだよ」

「平日で？」と津久井が訊いた。「いや、一晩で？　一晩でおれたちが刑事だとわかりましたかね」

「じつはそこが引っかかっていた。あの捜査が中止になって以来、ずっと気になっていた。一回はパスしているのに、そのあとばれるのが早すぎる」

「じゃあ？」

新宮が、興味津々という顔で津久井と佐伯のやりとりを聞いている。

佐伯は言った。

「おれがあの組織だったら、最初は札幌の暴力団に調査を依頼したろう。こういう店があるかどうか、こういう男たちは実在するのかどうか」

「その調査には、おれたちはパスした」

「だけどその組織は、やはりおとりじゃないかという疑いを捨てきれなくなった。次にどうする？　彼らが再確認に使った時間は、一晩だけだ。何をどうやれば、どうわかったと思う？」

「見当もつきません。やっぱり彼らは、疑いがあるというだけで、取り引きを中止したんでしょう」

佐伯は肩をすくめた。

「そうかもしれんな。おれの考え過ぎか」

「どっちにせよ、警察庁は人身売買で外国から非難されると、本気になりますね」

「その藤川っていう監察官のやってることは、他人事には思えなくなってきたな。お前を絞りにやってきた、厭味なキャリアかと思ったんだが」

「キャリアの典型みたいな人物なのは、たしかです」

「お近づきにはなりたくないな」

津久井は、同意とも否定とも取れる笑みを作って言った。

「あのときのリベンジのつもりで、やりましょうかね」

佐伯はうなずいてコーヒーカップに手を伸ばした。正規に担当したホテル荒らしの一件ともつながっている。

今夜、動いてみるか。

5

日航ホテル最上階のレストランで、藤川春也は道警本部長、秘書室長、それに生活安全部長の三人と食事をとった。三國清三がシェフだというその店のフレンチは、接待慣れした身の藤川でも、旨いとうなるだけのものだった。

食事のあいだじゅう、秘書室長の広畑が如才なく話題をつなげた。最初はあたりさわりのないものだったけれども、デザートになるころには、今度の監察の狙いは何かという質問を会話の随所に挟み込むのだった。

「何が問題できょうの特別監察となったのか、それがわかると協力もしやすいのですが」

質問を無視すると、ちがう問いが出てくる。

「対象は、誰か警察官個人ですかな。うちは、郡司警部という困った警官を出してますから、本庁がほかにもまだいるだろうと疑うのは、ま、やむをえないことだとはわかっておるんですが」

藤川はその都度、答えた。

いいや、特定個人を監察対象にしたいというわけではない、と。

無視の調子があまりにも露骨だったので、さすがにその場が白けた場面も何度かあった。

デザートも終わるころ、広畑は席をはずした。勘定でもしにいったか、トイレだったのかもしれない。

会食の最後を、本部長が締めくくった。彼は十歳も年下の若い警察官僚に頭を下げつつ言った。どうぞ、どんな問題でも徹底的に洗い出して監察してください。道警本部はご指示どおりなんでもやりますので。

よろしく、と言って藤川は、ナプキンをテーブルの上に置いた。

広畑が言った。

「監察官、もしもう少しお時間があれば、薄野をちょっとご案内しようかと思っているのですが。薄野の取り締まりにご関心があるのかなともお見受けいたしますので」

藤川は時計を見た。午後九時を十分回っただけだ。さきほど津久井の案内で車の中から薄野は見たが、この足で降り立って空気を感じ取ることは悪くない。職務上、損はないだろう。

「十時までには部屋に戻るつもりですが、かまいませんか」

「十分です」韮崎は大きくうなずいた。「浄化作戦の成果を確認していただきたいというだけのことですので」

エントランスに降りて、ホテルの車寄せに出ると、公用車が停まっていた。運転手は、津久井ではなく別の警官だった。そのうしろに一台、目立たぬセダンが停まっていた。そのセダンの助手席から降りてきたのは、大通署の杉野生活安全課長と、鹿島という警部補だった。

杉野が言った。

「薄野のごく典型的なクラブへとご案内いたします」

彼のうしろで、鹿島が油断のない目を藤川に向けたまま小さく頭を下げた。

大通署の薄野交番は、薄野の入り口近くにあって、その歓楽街一帯に睨(にら)みをきかせている。交番には薄野特別捜査隊と呼ばれる班も常駐しており、繁華街で事件性を疑われる事案が発生した場合、とにかく迅速に最初に現場に駆けつけることを使命としていた。

佐伯は、さきほどこの交番に電話して、昨年末の転落事故があったときの薄野特別捜査隊の担当者の名を聞き出していた。河野春彦巡査部長がそのひとりだ。河野はちょうどきょう当直勤務だという。

河野は、その転落死亡事故の際に、最初に現場に駆けつけた警察官のひとりである。このとき、転落した男が直前までいたぼったくりバーの店長から事情を聴取していたという。調書を取ったのも河野とのことだった。

佐伯は河野を、薄野交番に隣接する雑居ビルの一階、騒々しい喫茶店に呼び出した。河野からじっくり当日の状況を聞きたかったのだけれど、彼が勤務中となれば、交番から離れるわけにもゆかない。それでやむをえず、この落ち着かない喫茶店に入ったのだった。

佐伯は河野に、栗林正晴が再捜査を求めて札幌にきているという事情を伝え、さらにホテル荒らしの一件を伝えた。

「そういうわけで、被害届けも出た。それで、そっちの転落事件のことも、一応頭に入れておこうと思ってね」

横で新宮がまばたきしたのがわかった。この程度は方便だと、佐伯は新宮が余計なことを言わぬよう願った。

佐伯は続けた。

「現場に着いたところから教えてくれないか。どうしてけっきょく、あれは事件性なしってことになってしまったんだ?」

喫茶店の中にはいま、自分たちを除けば、三組の客しかいない。声を少し落とすなら、自分たちの会話がほかの客の耳に入ることはないだろう。

河野は、煙草(タバコ)の箱をテーブルの上に置いてから、逆に訊(き)いてきた。

「そのホテル荒らし、どうしてあの事故に関係があると言えるんです?」

「可能性のひとつだ」佐伯は煙草が気になった。こいつ、火をつけなければよいが。「部屋がひとつしか荒らされていなかったんだ。つまり、狙(ねら)いは栗林という親爺(おやじ)さんさ。そして、あの部屋に栗林がいたことを知っていたのは、大通署と店の黒服だけだ」

「黒服に、ホテルのことを教えていたんですか」

「つけてくることはできた。途中でキーを盗むことも」

「強引につなげてませんか」

「警察が侵入したんだと考えるより、自然だろ。店の名、萌えっ子クラブ、でまちがいないよな」

「そうですよ。あとからわかりましたが、おさわりバー。ときおり客が、ぼったくられたと交番に駆け込んでくる店でしたね」

駆け込まれても、ぼったくりの場合は立件が難しい。最初に料金表の提示があったかどうか、システムの説明があったかどうかが問題になるが、店のほうもそれなりに用心しているのだ。店にはいちおう、システムも価格も料金も明示したメニューが用意されている。客はろくにそのメニューを読まずに、注文を始める。メニュー自体が目につきにくいところに置かれている場合も多い。結果として、客が想定していた額をはるかに超える代金が請求されるのだ。

もちろん浄化条例ができる以前、表のメニューと裏のメニューを二種類用意していた店が摘発された例はある。表のメニューがあれば、ぼったくりの証拠となるからだ。また、客とホステスふたりぶんの飲み代として、中年の旅行客に四十万円請求した店には、生活安全課が入って、お灸を据えたこともあったはずだ。ただし佐伯が聞いている範囲では、この四、五年、ぼったくり店がなんらかの法律を根拠に摘発された例はなかったはずである。ひとつだけ、閉店に追い込んだ店があったが、あれは店員に傷害罪がついたのだ。請求金額を理由に、店員を逮捕できたわけではなかったし、店を閉鎖できたわけでもない。

佐伯は訊いた。

「それであのときは、事故じゃなく事件じゃないかと疑ったんだな」

河野巡査部長は、うなずいて言った。

「そうです。誰だって、最初はそう疑いますよ」

河野は、煙草の箱を見つめる佐伯の視線に気づいたようだ。箱を上着のポケットに戻して言った。

「あのときは、おれたちが着いた直後に生安の刑事も到着して、店長の今泉って男の事情聴取を先に始めてしまったんですよ」

「最初から、話してくれ」

河野は、第一報が入ったところから教えてくれた。十二月二十三日の午後十時十六分だったという。

河野の話が終わったところで、佐伯は訊いた。

「鹿島は、薄野交番詰めだったわけじゃないだろう？」

「ちがいますよ」河野は自分でもふしぎだと言うように首を振りながら言った。「大通署勤務です」

「当直？　正規の命令を受けての臨場だったのか？」

「いや、近所の飲み屋にいたら、救急車の音が聞こえたんでってことでした。もうひとり、同じ生安の巡査部長が一緒でした」

「それって、タイミングがよすぎないか」

「おれは、ずいぶん責任感があるなとも思ったんですよ。なにせあのときの様子は、本気で公務って感じを受けましたね」

「大通署には珍しい警官じゃないか」

「そうですね。生安として許さねえぞっていう迫力があった。なにせ、突き落としたかどうかもわからないうちから、店長をぼこぼこにしてたんですから」

「あんたが、最終的に事件性はないって判断した理由はなんだ?」

「判断したのは、おれじゃないですよ。うちの課長です」

「だけど、調書を取ったのはあんただ。事件性はないってことを言うための調書だったんじゃないのか?」

「向こうの言い分をそのとおりに書いたんです。操作はしていない」

「だけど、突っ込みようもあったろう」

河野は、自分の仕事ぶりを批判されたと感じたのか、かすかに不快そうな表情を見せた。

「正規の取り調べの前に、刑事が事務所に入っていって、当事者に暴行してるんですよ。しかも、そこには外部のカメラマンもいた。怪我(けが)の状態まで写真に撮られてしまってる。送検しても、起訴には持ち込めないんじゃないかとは思いましたから」

「その判断はあんたか?」

「事情を課長に伝えたら、送検はあきらめるかってことになったんです」

「ひとがひとり死んでるのに?」

「聴取したかぎりでは、不自然ではありません。べつの可能性も多少はあった、という程度です。おれは、店員にも話は聞いています」

河野はふいに背を伸ばした。

どうした?と佐伯が河野を見つめると、河野はジャケットの内ポケットに手を入れた。携帯電話に着信があったようだ。

河野は携帯電話を取り出すと、液晶を見て言った。

「戻らなきゃなりません。いいですか?」

「ああ。ありがとう」

「コーヒー、ごちそうになります」

河野が店を出て行った。

最初は事件性を疑い、聴取のあとには事故でおかしくはないと思った。事件か事故かの判断は、刑事課長がおこなった。

とりあえずは、整然とした説明だった。それで百パーセント納得できるわけではないが。

佐伯が考えをまとめようとしていると、新宮が言った。

「鹿島警部補が、店長をぼこぼこにしたってところが気になりますね」

佐伯はうなずいた。

「ああ。当直でもないのに、反応が妙に早いという気はするな」

「生安の刑事として、その店には前から目をつけていたということなんでしょうか」

「わからん」佐伯は立ち上がった。「確かめてみるか。萌えっ子サロンだったか?」

新宮も立ち上がり、手帳を見ながら言った。

「萌えっ子クラブ。南六条西五丁目。第二ドルフィン・ビル」

「まだあるといいな」


藤川監察官が降り立ったのは、西四丁目通りと南五条通りの交差点だった。

広畑秘書室長が言った。

「札幌の財界人がよく行く店があります。ホステスはみな四大卒。帰国子女もいるとか」

韮崎生活安全部長があとを引き取った。

「薄野の取り締まりについて何かご質問があれば、わかる範囲でいまわたしが。わたしが把握していない部分は、明日部下のほうからきちんとお答えします。なんなりとどうぞ」

広畑の案内で、藤川はそのビルに入った。あとに本部長と韮崎が続き、さらにそのうしろから、大通署の杉野と鹿島がついてきた。

店は二階にあった。ドアを開けると、甘ったるいピアノの音が聞こえてきた。和服を着た女がふたり、藤川たちの一行に駆け寄ってきた。

ホテルのカクテルラウンジのような造りの店だ。真正面にグランド・ピアノがあって、黒いドレスの女が「アズ・タイム・ゴーズ・バイ」を弾いている。

藤川たちは、店の奥の、ピアニストの顔がよく見えるボックス席へと案内された。かなり客が入っているせいか、室内は暑いほどだった。広畑と韮崎が上着を脱ぐと、ホステスのひとりが、藤川にも上着を脱ぐように勧めた。藤川は上着をホステスに預けた。

二十代前半と見えるホステスが、藤川の席の隣についた。

「いらっしゃいませ」と、ホステスは、多少の知性を感じさせる声で言った。「さとみです。お飲み物は何を召し上がります?」

駅前通りの街路時計は午後九時二十分を指している。

薄野のいちばん賑(にぎ)わう時刻だった。一次会がそろそろおひらきになったという時刻。はしごせずに帰宅する者は、地下鉄駅に向かい始める時刻だった。

第二ドルフィン・ビルのあるその中通りは、いよいよこれから混んでくる。いい気分になった男たちが、飲み屋から風俗営業の店へと移動し始めている。客引きたちの姿も目立ってきていた。薄野条例ができてから、建前としては客引きはいなくなっているはずだが、完全に消えるはずもない。店を探す客がいて案内を必要としている場合には、誰かが声をかけなければならないのだ。

佐伯はそのビルの前まできて足を止めた。

ビルの前には、ふたりの黒いスーツ姿の男たちが立っていた。佐伯たちに視線を向けてくる。警戒の視線とは見えなかった。刑事だとは思われていないようだ。

佐伯は、自分が刑事っぽく見えないことには自信がある。だからこそ以前、警察庁はおとり捜査に自分を引っ張ったのだ。スナック・マスターに化けられる男として。

建物に取り付けられた看板を見た。『萌えっ子クラブ』という店名が見える。あの「事故」のあともまだ、同じ名前で営業しているのだ。ぼったくり事件でひとが死んだ店とは、報道されなかったせいか。いっときは休業していたかもしれないが、ほとぼりが冷めたところで営業再開したのかもしれない。あるいは、そもそも客層が札幌の住人ではないのか。出張族や観光客なら、この店の客が転落したという「事故」のことすら、知らないだろう。

佐伯はエントランスへ向かって歩いた。新宮がすぐうしろをついてくる。

エントランスの前に立っていた黒い服の男のうち、年上と見えるほうが声をかけてきた。

「どちらへ?」

佐伯は男に目を向けた。

相手は、格闘技でもやっているかと見える猪首(いくび)の三十男だった。

佐伯はぶっきらぼうに言った。

「萌えっ子クラブ」

「おふたり?」

「ああ」

「ご案内しましょう。クーポンお持ちですか」

「いや」

「どこでうちを知りました?」

「ホテルのチラシ」

佐伯は、人聞きのよくない店に向かうので照れている、という様子を装った。黒服はとくに何か疑念を抱いたようではなかった。それ以上話しかけないまま、五階まで案内してくれた。エレベーターの扉が開くと、目の前に『萌えっ子クラブ』の入り口があった。白いシャツ姿の若い男がひとり、愛想よく頭を下げてきた。髪を金色に染めた男だった。

黒服がエレベーターに乗ったことを確認してから、佐伯は白シャツの店員に言った。

「事務所に案内してくれないかな。店長に会いたい」

「は？」と、店員が小首をかしげた。

佐伯は警察手帳を取り出し、道警のバッジと身分証明書を店員に突きつけた。

「大通署だ。案内しろ」

「なんです？　どうして？」店員は狼狽（ろうばい）している。「どういうことなんです？」

「べつに。店長と会いたいって言ってるだけだ」

「スーさんには通ってる話ですか？」

「何？」佐伯は聞き返した。「誰だって？」

「いや、ちょっと待ってください」

店員がエントランスに佐伯たちを置いたまま、店の中に入っていった。

佐伯は新宮と顔を見合わせた。

新宮は、成り行きを面白がっているようだ。微笑している。

佐伯は言った。

「スーさんとか言っていたな」

「そう聞こえましたね。何のことでしょう？」

「スーさんには通ってる話ですか、か。いろいろ想像できる」

すぐにドアが開いた。

顔を出したのは、歳（とし）の頃三十代なかばの男だった。細い顔は青白く見える。白いシャツに黒い蝶ネクタイをつけていた。こわもての外見ではない。

「大通署の刑事さん?」と男は訊いた。物腰もやわらかい。

　佐伯はあらためて警察手帳を示した。

「ちょっと聞き込みで回ってるんだ。協力してもらえるかな」

「もちろんです。どんなことでしょう」

「去年の暮れ、福岡のゼネコンの男が客できたと思うが」

　店長の今泉はかすかに動揺したようだ。

「ああ。転落したひとですね」

「死んだ男さ。あいつのことを調べているんだが、当日のことを聞かせてくれないか」

「あの件は、もう片づいたものだと思ってましたが」

「片づいているさ。何か心配してるのか」

「いいえ。大通署のどなたでしたっけ」

　佐伯は、右手に持ったままの手帳を今泉の目の前に突きつけた。

「佐伯だ」

「生活安全課の?」

「いや、刑事課」

「お入りください。ただ」

「なんだ？」

「営業中なんですよ。客や女の子がおびえるようなことはよしてください。協力しますから」

「承知だって」

事務所というのは、畳三枚分ほどの広さの納戸のような空間だった。スチールのデスクと、パソコンラックがあり、やはりスチール製のキャビネットがひとつ置かれている。右手にカーテンがかかっていて、その奥は男子従業員の更衣室とのことだった。

佐伯は、今泉が出してくれたスツールに腰をおろした。新宮はドアの脇で腕組みして、壁によりかかっている。

佐伯は言った。

「繰り返しになると思うけどな、おれにも聞かせてくれ」

「記録は取るんですか？」

「いや」

「もう半年近くも前のことなんですけどね」

「覚えている範囲でいい」

「わたし、一度調書を取られてるんです。もしいま思い出すことと食い違いが出てきたら、調書のほうがほんとうですよ。生々しいときに言ったことなんだから」

「何を神経質になってるんだ？　取り調べじゃないと言ってるだろ。ただの聞き込みだ」

「わかりました」

今泉が話した中身は、さきほど薄野特別捜査隊の河野から聞いたものと大差はなかった。

客の栗林が勘定をと言うので請求書を出したところ、栗林はその前にトイレに行くと言ってトイレに入っていった。ところが、三分ほどしてもトイレから出てこない。今泉と従業員ふたりがトイレに行ってみると、窓が開いていた。窓の下をのぞきこんだが、暗くてよくわからない。それで今泉はあらためて非常階段に出た。こんどは下にひとがいる気配だった。誰かが地面に倒れているように見える。今泉は、客の栗林がトイレの窓から非常階段に移ろうとして、足を踏み外して転落したのだとわかった。

警察車と救急車のサイレンの音が聞こえてきた。誰かが通報したようだ。ちょうど年末の稼ぎどきで、店の中がてんやわんやの状態だった。ひとまず店の仕事を片づけることにした。

ほどなく、大通署の生活安全課の刑事が店にやってきた。一課の鹿島浩三警部補だ。事務所に入ってくるなり、鹿島はこれを事件と決めつけ、暴行を働いてきた。自分は必死で事情を説明しようとしたが、鹿島はあとからやってきた特別捜査隊の河野という刑事が割って入るまで、暴行をやめなかった。けっきょく今泉は、全治二週間の怪我を負ったのだった。

栗林が死んだということで、今泉はその夜、大通署に任意同行を求められた。取り調べにあたったのは主として河野だった。その日、深夜二時近く、河野が取った調書にサインをして、ようやく自分は解放されたのだった……。

佐伯は今泉に訊いた。

「栗林の遺留品があったろう？　コートとか、鞄とか」

今泉は答えた。

「鞄は知りません。コートは、警察が持ってゆきましたよ」

「どんなコートだった？」

「安物でしたね」

「ブランドは？」

「バーバリー」

「バーバリーが安物か？」

今泉はまた肩をすくめた。

「よれよれでしたよ」

「じゃ、トイレと非常階段を見せてくれ」

今泉は不服そうだ。

「これは、うちに関係のある捜査なんですか？」

「あるって言ってるだろう」

薄暗い店内を移動して、トイレに入った。

窓はひとつだけだ。窓を押し開け、左右と下を確かめてから、佐伯は新宮に言った。

「新宮、お前さんひとつ、この窓から非常階段に移ってみろ」

新宮は窓から上体を出したが、すぐに引っ込めた。

「びびりますが、ほんとにやります？」

「お前さんでもびびるか」

「階段の手すりまで、一メートル近くありますよ。鉤つきのロープでもないと、やる気にはなりませんね」

佐伯が振り返ると、今泉は肩をすぼめて言った。

「酔ってましたからね。逃げられると思ったんでしょう」

トイレを出てから、非常階段にまわった。客席部分から直接出て行ける構造だ。法定の非常口の表示の下に厚手のカーテンがかかっており、カーテンをよけるとスチールドアだった。ロックはされていなかった。

佐伯は非常階段の踊り場に出て、上下左右をじっくり観察した。

やはり、トイレの窓からこの非常階段に移るのは、多少の無理があると見えた。試す気になるのは、相当に身軽な男か、でなければ今泉が言うように、酔漢ぐらいだろう。

佐伯は、非常階段の下をのぞきながら、うしろに立つ今泉に訊いた。

「もうスーさんには連絡したのか？」

今泉は答えた。

「いいえ」

佐伯は振り返って、今泉に言った。

「スーさんを通さずにきてしまったんだ。まずかったな。あんたからいま、電話してくれ」

「え」今泉ははっきりと狼狽を見せた。まずいことをした、という顔だ。「スーさんなんて、知りませんよ」

「いまの返事は、そういう意味にはとれなかったぞ。誰だ？」

「いや、したのかと訊かれたから、いいえと答えただけです。スーさんなんて知りません」

「誰だ？」

今泉は、青白い顔から感情を消した。

「知りませんって」

佐伯は今泉を睨（にら）んだ。今泉は、視線をそらさずに見つめ返してくる。

わかった、と佐伯は思った。お前のその視線が語っている。その名前が、この事件の不可解な決着にからんでいると。

佐伯は手すりから離れて今泉に言った。

「知らないと言ったことを覚えておけよ」

佐伯は、非常口から店内に戻った。ドアのすぐ内側に、格闘技系の黒服が立っていた。いまのやりとりは全部聞いていたことだろう。佐伯が黒服の前へと進むと、彼ははっきりと敵意を含んだ目で道を空けた。

通路を入り口へと歩いて、エレベーターの前へと出た。今泉と黒服も、佐伯たちを見送るように店から出てきた。

箱に乗り込み、扉の閉まるところで、佐伯は今泉に言った。

「協力、助かった。いい情報をもらえた」

今泉は顔をこわばらせた。そこでドアが閉じられた。

エレベーターが降りはじめてから、新宮が佐伯に訊いてきた。

「スーさんって、心当たりでも？」

「いや」佐伯は答えた。「だけど、薄野の顔ってことなんだろう」

「大通署の誰か、というふうにも聞こえましたね」

「ああ。お前さん、生安でスーさんって呼ばれてる刑事を知っているか？」

「いえ。鈴木とか、須原とかって名前でしょうか」

「聞いたことはないよな」


ビルの外に出た。

ネオンサインの光量はさきほどとまったく変わっていないが、少しひとの数は減ってきたように見えた。夜風が少し涼しく感じられるようになっている。

新宮が、ジャケットの襟(えり)を立てて佐伯に訊いた。

「署に戻りますか?」

「いや」佐伯は答えた。「ちょっと、情報を仕入れてゆこう」

「どうするんです?」

「こういうとき、裏の情報ならあいつしかいない」

「エスの田畑(たばた)?」

佐伯は返事をせずに、携帯電話を取り出した。


男は、卑屈そうに頭を下げながら店に入ってきた。ハンチング帽をかぶり、暗いグレーのジャンパーを着た五十男だ。

男は、佐伯に近づいてきて言った。

「すいませんね。ほかに思いつかなかったものだから」

新宮がスツールをひとつ移った。男は、佐伯と新宮とのあいだに腰を下ろした。

田畑。一年ほど前、先輩捜査員から紹介されたエスだ。表の仕事は、競馬の予想屋だった。二十万円の大穴を当てたことがある、という伝説がある。

佐伯はビールを注文し、好きなものを食べてくれと田畑に言った。

「遠慮なく」

田畑は、グラスにつがれたビールをひと口飲むと、目の前にまわってきたトロとヒラメの皿を取った。

佐伯は、周囲には聞こえぬ程度の音量で、田畑に言った。

「去年暮れの転落死亡事故、何か裏の話は耳にしていないか？　萌えっ子クラブという店の客が死んだ一件だ」

田畑は、トロとヒラメを食べ終えてから、回転するベルトに目をやったまま答えた。

「事故だって処理された件ですね」

「そう」

「薄野じゅう探したって、あれが事故だなんてことを信じてる人間はいませんや」

「根拠でも?」

「萌えっ子クラブは、有名なぼったくりバーですよ。クレジット・カード利用だと、手数料が百パーセントです」

「それだけじゃ、根拠とは言えない」

「状況証拠ってものがあるでしょ。あの事件の前にも、ひとつ噂(うわさ)を聞いてます」田畑は口調を変えた。「カニ、いただいていいですか」

「かまわん」

　田畑は、カニを全部飲み込まぬうちに言った。

「非常階段で、突き落とすぞと脅されたアメリカ人観光客の話を聞いたことがありますよ。交番に駆け込んだけれど、店がどこだかわからず、立件できなかったとか」

「いつの話だ?」

「去年。まだ薄野条例ができる前です」

「薄野交番に駆け込んだのか?」

「ええ。だけど、言葉もよく通じなくて、事件にはならなかったらしい」

「なのにどうしてそれが、萌えっ子クラブのことだとわかる?」

「非常階段で脅すってのは、萌えっ子クラブのことだからです」

　佐伯は、いましがた見た、あの格闘技の得意そうな黒服を思い出しながら言った。

「それができる店員が揃ってるんだ。企業舎弟なんだろうな」

田畑が返事をしなかったので、佐伯は言った。

「カニはそのくらいにしておけ。萌えっ子クラブは企業舎弟か？」

田畑は口の中のものを飲み込んでから言った。

「金子組の企業舎弟。豊田観光ってのが親会社で、ぼったくりバーをもう一、二軒持ってる」

「よく営業ができているな。摘発されていないのか」

「生安と、うまく関係を持っているんでしょ」

いちばん聞きたいのはその部分だ。

佐伯は確認した。

「ほんとうに？」

田畑は佐伯を見つめて首を振った。

「ほんとうかどうかは知りませんけど、そういうことを言う同業者はいるようですよ。大通署生安は、業者を露骨に差別していないかって」

「たとえば、どこがそう言ってる？」

「ビール、もう一本いいですね？」

佐伯はうなずいた。

その田畑の向こうで、新宮がウニの皿に手を伸ばしていた。

佐伯は言った。

「新宮、ほどほどにしろよ」

「は」新宮は手を止めた。

田畑は、ビールを飲んでから言った。

「十二月の薄野浄化大作戦とかのとき、摘発された風俗営業店は二軒だけです。許可を受けずに、濃厚サービスをやってた。あのときの店長なんかは、ぼやいていたはずですよ。差別だ、不公平だって」

「その言い分は、身勝手というものだ」

「同じようなサービスしてる大半の店は、その日見事に休業していた。不公平だと言いたくなるのもわからないじゃありません」

「そうなのか?」

「あの日、ほんとにやばい店は、一軒も摘発されてませんよ」

「ぼやいていた店長ってのと、連絡は取れるか?」

「店は、再開してますよ。合法の範囲内で」

田畑は、その店の名を、ピンクボタン、と教えてくれた。薄野の東側、賑(にぎ)わいの中心からいくらかはずれたエリアにある。

田畑は、もう一皿トロを食べてから、瓶に残ったビールをすべて喉に流し込んだ。佐伯は、田畑の前にある皿の数を数えた。高額品の皿ばかりだ。それにビールが二本。新宮が食べた分もある。先輩刑事として、新宮に自分の分は払えと言うわけにはゆかなかった。すべて自腹を切るしかない。この場合、領収書を持って帰ったところで、役所がこの飲食代を引き受けてくれるわけではなかった。

田畑は、手拭いで口のまわりをぬぐってから言った。

「ひさしぶりですよ、寿司を食べたのは。ごちそうになりました。話は、十分ですか？」

「もうひとつだけ」佐伯は訊いた。「スーさんって、誰だ？」

田畑はきょとんとした顔で言った。

「誰です？」

「スーさん。薄野の顔役じゃないのか？」

「さあて、スーさん？　誠勇会の鈴木克一は、スーさんとは呼ばれていなかったなあ。あいつは、克さんだ」

「わかった。もういい」

田畑はもう一度礼を言って、その回転寿司の店を出ていった。

藤川春也がホテルに戻ったのは、午後十時三十分すぎだ。十時には帰す、という約束はあっさりと反故にされたのだった。藤川は、時間にルーズな男が嫌いだった。この一点だけでも、道警本部の規律弛緩ぶりを注意してやりたいところだった。

部屋に戻って、すぐに種田主査の携帯電話に電話をかけた。彼もそろそろ、ホテルに戻っていておかしくはない時刻だった。

種田が電話に出たので、藤川は訊いた。

「いまどこだ?」

種田は答えた。

「道警本部です。相変わらず会議室にいます」

「そろそろ休んだほうがいいんじゃないか」

「はい。そろそろ切り上げようと思います」

「何か興味深いことでも見つかったか?」

「ぼんやりと見えてきたような気がします。でも」

「でも?」

「まだ、共通項が見つかりません。あるいは法則性と言うか」

「不祥事の?」

「そうです。データを一部移しました。もしいまからでもかまわないのであれば、ホテルのほうでお見せできます」

「そうだな。そっちは切り上げて、見せてくれないか」

「はい、ここを引き揚げます」

携帯電話を切った直後に、部屋の電話が鳴った。

受話器を取ると、女は言った。

「藤川さん、さきほどはどうも。さとみです」

いまのクラブにいたホステスだ。ずっと自分の右横にいて、サービスしてくれた。UCLAに留学していた、と言っていた。でも、彼女がどうしてこの部屋に電話してくる？　自分はホテルがどこかを口にしていない。ましてや部屋番号など。

黙っていると、さとみと名乗った女は言った。

「もしもし、藤川さん。聞こえてます？」

「聞こえている」藤川は応えてから、顔を受話器からそむけ、誰かに呼びかけるように言った。「テレビ消してくれないかな」

さとみが言った。

「あ、お部屋にどなたかいらっしゃるの？」

「ああ」

「あ、失礼しちゃった。ごめんなさいね」

「うん」

「ごめんなさい。さっきのお話の続き、聞きたかったものだからつい」

「うん」

「切ります。おやすみなさい」

電話が切れた。

もう一度時計を確かめた。十時三十五分だ。いまの店は、婦女子の接待のつく店と分類されているはず。となると、閉店は十一時だ。ふつうなら、ホステスが客のいるホテルに電話できるような時刻ではない。

藤川は、きょうの夕食とその後の薄野でのご接待に関わった人物を思い浮かべた。まず食事は三人だ。道警本部の奥野本部長、広畑秘書室長、韮崎生活安全部長。薄野での接待には、これに大通署の杉野生活安全一課長と、鹿島浩三警部補が加わった。この五人の中に、藤川はこのホテルに泊まっているとホステスに教えた者がいるのか?

どうであれ、と藤川は思った。自分の監察は、道警か大通署の誰かを動揺させている。不安にさせているのだ。だから、口封じ策が取られた。腐敗県警が本気の監察官に対してとる古典的な対抗策。色仕掛けの監察流し。逆に言うならば、仕掛けられたということは、ここには監察が必要なだけの腐敗がある、ということである。

　藤川は携帯電話を握り直して、登録したばかりの番号にかけた。

「はい？」と、きょう親しいものになった声が出た。

「津久井さん」と藤川は呼びかけた。「今夜、あと少しだけ協力してもらえないかな。いまもう、ご自宅ですか？」

「いえ」津久井が答えた。「市内におります。本部ですか」

「いや。ホテルです。もうじき部屋に、種田主査もデータを持ってやってくる。そいつを検討したいんだ」

「日航ホテルでしたね」

「そうです」部屋の番号をつけ加えた。

「ただちに」

　携帯電話をオフにしてから、藤川は室内を見渡した。ルームサービスで、コーヒーを六人分ぐらい取る必要がありそうだ。

　ピンクボタンは、南六条通りと南七条通りとのあいだ、中通りの西三丁目寄りにあった。風俗営業の店よりも、飲食店の看板のほうが目立つ通りだ。その分だけ、ネオンサインのまばゆさは少なく、もっと言うならば、萌えっ子クラブのあった通りよりもいくらか場末という印象だ。もっとも、それでも薄野の中にはちがいないから、わびしいまでに人通りが少ないわけではなかった。

佐伯は看板を頼りにその店を探した。古い五階建てのビルにその看板が見つかった。二階にあるようだ。

時刻を確かめると、午後十一時になるところだ。その店が風俗営業なら、まだまだあと二時間は営業を許されている。じっさいはいまどきの風俗営業店で、営業が許可されている午前一時を過ぎたからと店を閉じるところはないだろう。取り締まり強化月間にでもあたっていないかぎりは。

そのビルのエントランスに入って、エレベーターに乗った。

目的の階でドアが開くと、廊下にはふたりの若い女が立っていた。メイド服姿だ。ふたりは顔を輝かせて叫んだ。

「お帰りなさい、旦那(だんな)さま」

佐伯は新宮と顔を見合わせた。新宮はすでに頬(ほお)をゆるめていた。

正面のドアが開いて、白いシャツにタイを結んだ男が近寄ってきた。

「いらっしゃいませ。おふたり？　はじめてかな？　前にいらしたことは？」

歳(とし)は四十前だろうか。小太りで、顔全体もむくんでいる。前髪を伸ばしており、額がすっかり隠れていた。ひと昔前の高校教師のような髪形だ。ただし、物腰はほとんど幇間のようなやわらかさだった。

「どうぞ、ご案内します。さ、どうぞ」

佐伯の腕に、女のひとりが自分の腕をからめてきた。

店内は、さきほどの萌えっ子クラブよりも暗い。ボックス席はひとつひとつ、天井までのパーティションとカーテンで仕切られている。ボックス席は全体で十二、三あるようだったが、いまどのくらい客が入っているのかはわからなかった。

男が、ひとつの席のカーテンを開けて、どうぞとソファを示した。新宮がさっさと腰をおろすと、すぐにその両脇に女たちが腰掛けた。

佐伯は立ったまま、男に小声で訊いた。

「店長はあんたかな？」

「そうなんですよ。そう見えません？　風格ないんでしょうかね。でも正真正銘、オーナー店長なんですよ」

佐伯は店長の耳に口を近づけて、早口で言った。

「大通署のものだ。ちょっと話できるか？」

店長は佐伯を見つめ、自分は裏切られたというような表情を見せて言った。

「こんどは何です？　どうしてうちばっかり？」

「ちがう。話を聞くだけだ。女の子抜きで話できる場所、ないかな」

「ありますよ。男同士の話、けっこうすね」

店長が通路を歩きだしたが、新宮はまだボックス席から出てこない。

佐伯は短く言った。

「新宮、こい」

新宮がカーテンをはねのけて、飛び出してきた。

「なにやってるんだ」

「すみません。いまの子、好みなんです」

「非番のときにしろ」

「はい」

店長が奥のボックス席に入って、佐伯たちに腰掛けるよう勧めた。

佐伯は警察手帳を見せて、シートに腰をおろした。

「生安じゃない。べつの事件の捜査で、話を聞かせてもらうだけだ。心配するな」

店長は胸ポケットから名刺を取り出して、佐伯にわたしてきた。

「メイド・カフェ　ピンクボタン
執事　西原拓馬(にしはらたくま)」

執事、の部分には、バトラー、と振り仮名が振ってあった。

佐伯は確認した。

「店長なんだね」

「まちがいございません。お座りください。いま、何か飲み物でも」

「いい」

佐伯はソファに腰をおろした。新宮もこれにならった。

店長の西原は、佐伯たちに斜めに向かい合うように腰を下ろした。かすかに緊張を見せている。

佐伯は、自分の質問が威圧的にならぬよう注意しながら訊いた。

「生安関係の取り締まりのことで聞きたい。あんたたちは、取り締まりが不公平だと感じてるそうだな」

西原は小首をかしげた。

「誰が言いました？」

「たまたま耳にしたんだ。そう感じる理由について、具体的に教えてくれないか」

西原は顔をしかめてから頭をかいた。

「話したからって、生安さんからいびられるってことはないですよね」

「安心しろ。おれは刑事課だ」

「じゃあ、その」西原は、ためらいがちに話し始めた。「愚痴っぽい話になったらごめんなさい」

西原は、薄野の風俗営業の取り締まりは、明らかに業者差別がある、と言った。彼はもともと、ストリップ劇場の従業員だったのだが、まずその劇場が何度も手入れを受けた。当時札幌には三軒のストリップ劇場があったが、やっていることは大同小異、どこかひとつだけが過激というようなものではなかった。なのに、西原の働いていた劇場だけは、オープン後二年のあいだに三度手入れが入り、とうとう廃業してしまった。当時の劇場支配人は、言っていたという。自分が大通署生活安全課の出してきた謎を理解しなかったせいだと。

佐伯は訊いた。

「謎って、なんだ?」

西原は、鼻の先で笑った。

「わかっているでしょう。袖の下」

賄賂? 賄賂を生活安全課のほうから求めたというのか? まさか。日本の警察が世界に誇りうるのはその点だ。収賄だけは、絶対的な悪として忌避される。皆無とは言わないが、もし誰かがやれば気づいた誰かが確実に警務課に密告する。やったとしても続かないし、大きな額のものにもならない。

「袖の下の要求とは、ちょっと信じられないな。出したところには、生安は手心を加えているって言うのか」

「謎ですよ、謎。支配人にも、はっきりとは出せとは言わなかったんでしょう。支配人は悩んでましたよ。包んで手入れがなくなるなら、包んでもいい。だけど、いくら、誰に渡せばいいんだろうって」

支配人は、そのうち出しても無駄だろうと言い出したという。西原の勤めていた劇場ばかり繰り返し手入れを受けたのは、同業者の意志が働いたと考えるようになったのだ。逆に言えば、後発の西原の劇場をつぶすために、先発の同業者が生安を動かした。生安のしかるべき相手には、その先発業者たちからたっぷりと鼻薬がわたっていたにちがいない、という推理だった。

「信じられん」と佐伯はもう一度言った。「そんなことやっていたら、警務が嗅ぎつける」

「やりかたがお上手なんでしょうよ」

西原は続けた。

「それでわたし、劇場が廃業したあとは独立して、アダルトビデオ・ショップ始めたんですよ。この通りでね。性風俗特殊営業の五号営業。はい、これも届け出が必要な業種でしたわ。許可がおりて商売を始めたら、そこにも手入れが三回。ま、たしかに非合法なソフトも売ったんですけど。で、一回目はわたしがパクられまして、風俗営業法違反。わいせつ物の陳列、販売ってことで起訴されて、執行猶予二年。店はとうぜん営業禁止。とほほです」

「三回も手入れ受けてたら、いまごろは刑務所じゃないのか？」

「わたしだって、学習しますよ。二度目三度目は、わたしじゃなくて、名義上の店長がお縄いただいています」

「そっちの店はもうやめたのか」

「三回手入れを受けたんですよ。この通りの並びの業者は、同じようなもの売っててもおとがめなし。一斉摘発のときなんて、どういうわけかいいタイミングで臨時休業してるのに、わたしの店だけ刑事さんたちが踏み込んできたんですからね。三回目にはいやでも、学習しますよね」

三回手入れは受けたけれど、ちょうどソフトがビデオテープからＤＶＤに移行してゆく時期だった。テープとちがい体積の小さなＤＶＤは、アメリカから逆輸入するのも容易だった。西原は独自にアメリカとのルートを作り、ＤＶＤに絞って営業したこともあって、そこそこの金を稼ぐことができた。たぶん、その稼ぎかたが目立ちすぎたということでもあったのだろう。三回目に摘発されて、名義上の店長が逮捕、自分自身も事情聴取を受けたときに、辞めどきだと思ったのだという。

「それでね」西原の口調は、愚痴を言っているのか、自慢しているのか、判然としがたいものになってきた。「始めたのが、このお店。性風俗営業じゃありませんよ。風俗営業の中の六号営業、区画席飲食店です。健全なお店ですよ。わたし、これが性に合ってますね。手入れのことを心配しなくていいだけでも、気が楽です。今年じゅうに、もう一店、姉妹店を作るつもりなんです」

「お前さんのところが、最近も手入れを受けたって聞いた。お前さんがさんざんぼやいていたとか」

「あ、それは、べつの店とごっちゃになった話ですね。薄野条例発効記念の一斉摘発のことでしょう。あのときは、うちから独立した男が無認可で風俗店出していて、見事にやられましたわ。そのことを含めて、たしかにわたしはあちこちで愚痴りまくりましたよ。あのとき、保釈のときの身元引受人になったのもわたしでしたし」

佐伯は話題を変えた。

「萌えっ子クラブって知ってるか？」

「え、ああ」西原はうなずいた。「怖い事件が起きたとこでしょ。金子組だものね。被害者には気の毒だけど、さからうべきじゃなかったんですよ」

「事件だと思っているのか」

「とうぜんでしょう、刑事さん。ぼったくりバーでひとが死んだら、それって殺されたってことでしょ」

「何か情報でも？」

「いいえ。でも、あれを事件って思わなかったのは、大通署ぐらいじゃない？」

そこにカーテンの外から女の声があった。

「店長。お客さん」

「はい、待って」西原は立ち上がりながら言った。「萌えっ子クラブの事件だって、えこひいき、と思ってしまう。うちなんて、もしビルの外で滑ってひとが死んだら、絶対にあたしたちが殺したってことになってしまうんじゃないかな」

西原がカーテンを開けた。

外に立っていたのは、入り口で迎えてくれた女の子ふたりのうちのひとりだった。その子は新宮と目を合わせると、ハアイと言うように微笑した。新宮がこれに応えて微笑した。佐伯には見せたことのないような明るい笑みだ。

西原がボックス席を出てゆき、ふたたびカーテンが閉じられた。

佐伯は新宮を睨んだ。

新宮は小さく頭を下げた。

「すいません、人気があって」

「うるせえ」佐伯は言った。「おれはどうせ、親爺だよ」

「そんなことは言ってませんよ」

西原が戻ってきた。

「どこまででしたっけ。萌えっ子クラブ？」

佐伯は言った。

「それはもういい。とにかくあんたは、取り締まりに不公平があると確信してるんだな？」

「そりゃあそうですよ。劇場で三回、ＡＶショップで三回。狙い撃ちという感じですからね」

「みかじめ料はどこに払ってる？」

西原は、きたか、という表情になった。

「うちは、お引き取り願ってますよ。ああいうみなさんとのおつきあい、苦手なんです」

「こんな商売じゃ、用心棒が必要なときもあるだろう？」

「みかじめ料を払うなって指導してるのは、警察じゃありませんか」

「営業妨害もあるだろう？」

「いちばんの妨害は警察の手入れですって」西原はわざとらしくため息をついてから言った。「うちは、何かあったときは電話するってことで、カネ重さんと話をつけているんです」

カネ重というのは、大正時代から続く札幌のテキ屋一家だ。昔気質の親分がまとめている。誠勇会とは一線を画しているということで、あまり犯罪組織という印象はないところだ。いちおう道警本部の暴力団対策部は、暴力団に分類している団体だが。

「この商売で、誠勇会を近づけないってのは、なかなかたいへんじゃないのか?」

「だから、いやがらせもやられたんでしょうけどね」

佐伯はもうひとつ訊いた。

「スーさんを知っているか。薄野の顔だと聞いているが」

西原は眉間に皺を寄せた。

「スーさん? 誰です?」

嘘を言ってはいない顔だ。

「わかった」佐伯は立ち上がりながら言った。「邪魔して悪かったな」

「いえいえ。非番のときにもぜひいらしてください。合法の範囲内で、最大限サービスさせてもらいます。うちの女の子たち、性格がいい子ばっかりなんで、リピーターさんが多いんですよ」

西原は、佐伯に続いて立ち上がった新宮に笑みを向けた。

「こちらの若い刑事さんも、ぜひ。そうそう、これ」

西原は、胸ポケットから数枚のカード様のものを取り出してきた。

「これ、優待券。お酒はただだから」

押しつけようとしたので、佐伯は断った。

「いらん」

入り口へ向かおうとして、尿意が強くなっていることに気づいた。佐伯は新宮を先にやって、店のトイレを借りた。きれいに掃除してあるトイレだった。

用を足して入り口を出ると、エレベーターの前で新宮と、新宮の好みだという女の子が、携帯電話を取り出して向かい合っていた。電話番号の交換でもしているようだ。

おさわりバーの女の子と番号交換してどうするんだ？　佐伯は、なんとなく不機嫌な気分となった。

ビルを出てから、佐伯は新宮に言った。

「速攻だな」

新宮は照れるでもなく言った。

「ま、ふつうの習慣ですから」

「聞き込み中なんだぞ」

「雰囲気作りです」

「あの女は関係ない」

歩道を歩き出したとき、通りの反対側ですっと身体（からだ）の向きを変えた男がいた。

佐伯は、視線の隅にその男を捉えつつ歩いた。黒いスーツを着た男だ。さっき萌えっ子クラブで見た店員のように見えた。

なるほど、と佐伯は思った。

栗林や、監察官や、いま自分たちがやっていることは、確実に札幌の誰かを刺激しているのだ。誰かを不安にさせているのだ。自分たちは、疑惑の輪郭もまだつかんでいないというのに。

四丁目通りに出て、佐伯たちは北に折れた。ここから大通署までは、歩いて二十分弱。考えごとをするには、手頃な距離だった。

新宮が訊いた。

「何か見えてきましたか？」

佐伯は、正面から歩いてくるスーツ姿の酔っぱらいをよけて言った。

「腐った臭いがするのはたしかだ。ただ、何が腐っているのかがわからん」

「薄く広く腐っているってことでしょうか」

「いまの西原の話だと、もう少し狭い範囲のことのように思うがな。だけど、狭けりゃ狭いで、まわりが気づかないはずはないんだ」

佐伯はもう一度振り返った。あの黒いスーツの男を探したのだが、もう見当たらなかった。

部屋は、三人の男の体温でいくらか室温が上がっていた。札幌で最も高いビル、JRタワー・日航ホテルの二十九階だ。部屋の窓の外には、札幌の中心部の夜景が広がっている。レースのカーテンごしでも、その光のきらびやかさがわかった。とりわけ光の量が集中しているのは、いましがたまで藤川自身もいた、薄野という歓楽街のあたりだった。

いまこの部屋では、三人ともワイシャツの腕まくり姿である。種田主査が、道警本部十二階の会議室から駆けつけ、その直後に津久井も到着した。

藤川は、種田の説明を、津久井と一緒に聞いたのだった。

部屋のテーブルの上には、種田のラップトップ・コンピュータが置かれていた。藤川は、これに向かい合って腰をおろしていた。津久井がすぐ右隣で、コンピュータのモニターをのぞきこんでいる。種田は藤川の左側で、中腰にモニターを見つめていた。

液晶モニターには、三十ばかりの不祥事と管轄、発生もしくは発覚の日時、それに関係者たちの処分状況等の情報が並んでいる。日付順に並べると、最新の十件はこのようなものだった。

風俗店営業許可　書類不備　大通署　生活安全課　関係者戒告
風俗店従業員傷害事件　ストーカー被害訴え無視　南(みなみ)署　関係者無処分
銃砲所持許可　書類不備　白石署　生活安全課　関係者戒告
風俗取締関連情報ファイル流出　大通署　関係者訓告
薄野一斉摘発空振り　大通署　無処分
業者同行韓国旅行　豊平署　副署長　生活安全課長　関係者始末書
ストリップ劇場、摘発不公平異議申立　大通署　無処分
パチンコ店営業許可　署長決裁省略　西署　関係者訓告
逮捕風俗店店長に留置場内で便宜　大通署　総務課　関係者戒告
売春防止法摘発　証拠物件紛失　白石署　生活安全課　関係者訓告

どれも札幌方面本部管内で、二〇〇〇年以降に発生したか、あるいは発覚もしくは報道された、生活安全課がらみの事件、事案だった。管轄の署は札幌方面の多くの警察署にまたがっている。

処分の状況はさまざまだ。訓告、戒告が多かったが、処分は不要と処理された案件もあった。

いずれにせよ、ひとつひとつは細かと言えば細か、瑣末（さまつ）といえば瑣末なものばかりだが、たしかにこのように並べられると、ぼんやりと感じ取れるある種の傾向がある。

藤川は言った。

「うちの役所が、タイ人少女人身売買事件と、薄野転落死の件をとくに問題にしているのは、外国で取り上げられたからなんだ。労働災害で言うなら、大事故が二件起こった。ハインリッヒの法則を思わざるをえない」

津久井が藤川を見つめて訊（き）いた。

「どういう意味です？」

「労働災害に関する理論さ。ひとつの事故が出た場合、その職場ではすでに二十九の軽い災害が起こっていて、ひやっとする事故なら三百件起きているはずだという法則だ。外国で報道されるような不祥事ひとつの背後には、少なくとももうしろに二十九件の問題事件があると想像してもおかしくはない」

「ゴキブリのたとえのほうが、わかりやすいかもしれない」

「たぶん」と藤川は言った。「くだらないものばかり並べた、と思っているだろうね。でも、関係者の処分があった事件とか、地元のメディアで取り上げられた案件を並べてみると、札幌の生活安全取り締まりには、何か偏（かたよ）りがあるのではないかという気がしてくるんだ。こういった二十九件の結果として、タイ人少女の一件があり、風俗店のお客の転落死亡事故があった」

津久井が言った。

「生活安全の取り締まりが、業者にゆるいんじゃないかということですね」

「上品に言えばね」

津久井は言った。

「こうしてリストにして突きつけられると、そうかもしれないという気はします。でも、ほかの県警ではどうなんでしょう。北海道だけ、こういう細かな事件というか、不祥事というか、この手のことが目立って多いのでしょうか」

「傾向として、多いように見える。ただし、札幌の人口とか、土地柄とか、そのほかの特殊性とかを考えると、統計の誤差の範囲内と言い張ることも可能だ。この監察は、それをはっきりさせるってことが目的でもある」

津久井が、もう一度モニターに目をやって言った。

「種田主査が拾い出したこれらの事件、所轄もまちまちなら、関係者もそれぞれちがう。二度名前が出てくる関係者は、数人ですね。わたしには、これだけでは何か組織的な癒着があるようには見えません。ただし、監察官の言われた人身売買組織の件、転落事故の件だけは、調べてみるだけの価値はありますね」

藤川は言った。

「きみが教えてくれたホテル荒らしの件も、その疑念を補強してくれるな」

「ええ。それについては、大通署の優秀な捜査員が動き出しました。いい情報が得られるでしょう」

「再捜査できるだけの証拠が出るといいが」

「その転落死については、関係者の調書はご覧になったのですか」

「見た」と藤川は答えた。「店長を聴取している。調書を読むかぎりでは、事件性は感じられない。うまく作文されている」

「調書を取った捜査員の名を覚えていますか？」

「大通署薄野特別捜査隊の河野巡査部長」

藤川は自分のノートを開いた。

「彼ですか」

「知っているのか？」

「旭川中央署の地域課で一緒でした。彼はまだそのまま、薄野特別捜査隊ですね。暴力団と癒着するような男じゃない」

「どうしてそう言える？」

「趣味は釣りだっていう地味な男です。車はトヨタの大衆車だし、かみさんは地方公務員で、とくに金持ちじゃないけど、カネには困っていません」

「インセンティブはカネじゃないのかな」

「彼はファイル対象ですか？」

「ちがう」

「じゃあ、やはり問題はないのでしょう。鹿島警部補のファイルはどうでした？」

種田が、自分の鞄の中から書類を引き出した。

「これです」

藤川は、津久井と一緒にそのファイルをのぞきこんだ。

鹿島警部補が、これまでに二度調書を取られたときに作成されたものだった。鹿島の勤務状態、成績、賞罰、家計の状況などが詳しく記されている。

これによれば、鹿島は二十歳のときに北海道警察本部警察官に採用され、旭川方面本部天塩署の地域課を皮切りに、札幌方面白石署の交通課、釧路方面根室署の少年課、函館方面函館署の刑事課、そして大通署の生活安全課に赴任したという配属歴である。天塩署地域課は一年だけだが、そのあと札幌にくるまで、ひとつの署におよそ四、五年在籍していたことになる。大通署への異動は六年前だ。

署長表彰が八回。本部長表彰が一回。処分歴はない。

この間、鹿島は二度、消費者金融に借金があることで、方面本部警務課から聴取を受けていた。最初は十六年前、根室署の少年課勤務のときであり、消費者金融から八十万の借金をしていた。このときは鹿島の子供が交通事故に遭ったばかりだったということで、それ以上のことは不問にされている。借金が警務に露顕した直後、妻がたの親戚が借金を肩代わりして返済している。

二度目の聴取は函館署配属当時で、鹿島はまた消費者金融から総額六十万円のカネを借りていた。鹿島の説明は、刑事課盗犯係として協力者に渡すカネが必要だったというものだった。申請しても出るはずのないカネであるし、いくらか成績について焦りもあった鹿島は、つい消費者金融に頼ってしまったのだったという。じっさい鹿島は、内部情報をもとにして函館の重機窃盗グループを摘発したばかりだった。本部長表彰を受けたのは、この件についてだ。鹿島は共済組合から融資を受けて、その借金を返済した。

半年後、鹿島は昇進試験に合格し、警部補となった。高校卒の警察官としては、かなり優秀だと評価されたということである。警部補に昇進したばかりの鹿島は、大通署に配属となった。

家族は妻と、娘がふたり。娘のうちひとりは成人して家を出ており、もうひとりは札幌の短大の二年生である。持ち家ではない。JR白石駅近くの借家住まいだ。所有の自動車は、日産のマーチ。酒とカラオケが好きであるが、博打は麻雀だけ。海外渡航歴は四回。うち二回は、共済組合主催のハワイ団体旅行であり、夫婦で参加している。一回は香港で、やはり夫人との旅行。もう一回は台湾で、これはアマチュア野球大会への参加だった。

つまり、と藤川は自分に言い聞かせるように思った。鹿島の勤務ぶりと私生活には、暴力団や民間企業との癒着を疑わせるような事実は見つからない。生活も慎ましいと言っていい。消費者金融に二度借金したという点も、気にするほどのものではないだろう。金額もしれている。ただ、カネが必要なとき鹿島はなぜまず共済組合の融資を利用しなかったのか、という点だけは、疑問として残らないでもないが。

藤川はマウスに手を伸ばして言った。

「刑事課長を見てみよう」

刑事課長は、ファイル対象ではなかった。道警本部の人事課に基本的な記録があるだけである。

モニターに呼び出された記録を一行ずつ見ていっても、とくに怪しげな部分はない。刑事課長は東京の私立大学を出たのち、出身地札幌に戻って道警本部警察官となり、比較的順調に昇進を続けてきた男だ。家族は妻と一男一女。母親が健在。札幌市内に持ち家。配属歴も表彰歴も、まっとうすぎるほどにまっとうだった。私生活にもとくに問題は見当たらないように見える。

道警本部の韮崎生活安全部長の人事記録も見た。彼は大卒採用、五十五歳で本部の部長であるから、道警の中の生え抜き警察官としては同期の出世頭である。たぶん彼は道警のキャリアの最後を方面本部長として終えることになるだろう。疑惑の入る余地なしという点では、大通署刑事課長と一緒だった。

「何も見えてこない」と藤川は津久井に言った。「きみが言うとおりだ。組織横断的な腐敗や、暴力団との癒着など見えてこない。どことなく奇妙な符合が感じられるだけだ」

津久井が言った。

「さきほどのリストの最近の十件のうち、大通署が関係したものが五件ありましたね。そのうち生活安全課がらみが四件。関係者はそれぞれちがいますが、規律がゆるんでいる、と言えば言えないことはありません」

「規律の弛緩程度のことでは、警察庁も口の出しようがない。問題なのは、この場合、暴力団との癒着なんだ」

津久井が種田に訊いた。

「この五件の正式な報告書か始末書はありますか」

種田は、遺漏はないと言うように微笑して、書類ホルダーを津久井に渡した。

津久井が、書類をひととおり見て顔を上げた。表情に、はっきりと疑念が浮かんでいる。

津久井が言った。

「風俗店営業許可で書類不備の一件、風俗店従業員傷害事件でストーカー被害訴え無視の件、銃砲所持許可の書類不備の件、すべて誠勇会がからんでいますよ」

藤川は驚いて確認した。

「個人名しか出てないが、わかるのか？」

「個人名でわかります。この店舗型風俗店営業許可、去年の十二月のボーナスシーズンに向けて、駆け込みで申請があって即日許可。これを申請してきた小田徳則は、金子組の企業舎弟をやっている。風俗店従業員傷害事件は、金子組の関本が逮捕されていますね。やはり誠勇会。銃砲所持許可を申請してきた井上和正って名前は、たぶんまちがいなく金子組の企業舎弟の井上だ。本来なら、銃砲の所持なんて絶対に許可にならない男です」

藤川は訊いた。

「風俗取締関連情報ファイル流出ってのはどうだ。これは、相手が誰か特定されていないが」

「薄野条例が施行される直前の事件です。誰が利益を受けるのかを考えれば、おおよそ想像がつく」

「薄野一斉摘発の空振りの件は？　これは本庁が空振りと判断しているだけで、大通署も道警も、大成功だったと報告している。情報漏洩などなかったことになっているが」

「これも、摘発を免れて得したのは、誠勇会に関係する風俗営業や違法ビジネスです」

「しかし、警察側の担当者、関係者は、すべてばらばらだ。摘発情報の漏洩については、関係者の特定さえされていない。癒着があったとして、暴力団の側からの利益供与は、どのように行われているんだ？　ひとりずつに、風俗営業店の優待券でも渡しているのか？」

「その程度のことでは、警官だって免職になる危険を冒したりしないでしょう」

「もっと多額のカネが動いた？　ならば、生活が派手になる。同僚が気づく。警務に告発があるさ。ファイル対象になる。すぐに関係はばれる」

津久井が鼻から荒く息を吐いて首を振った。彼も、うまい答が見つからないのだろう。

彼ほどに、と藤川は津久井の顔を見つめながら思った。周囲の不正に敏感な警察官にも見えていないのだとしたら、これは本庁の疑惑が見当ちがいであったか、たまたま小さな不祥事が連続した偶然だ。はっきり疑惑の対象となるものは二件だけ。つまりタイ人少女の供述と、昨年末のサラリーマン転落事故だけだ。監察官として自分は、この二件を精査するだけでよいか。組織が腐っている、という思い込みは捨てることにしてだ。

津久井が言った。

「明日、本部の端末を使って、この関係者たちひとりひとりについて、徹底的に調べてみるべきですね。きっと何かの共通項が浮かんでくる。利益供与がどのように行われているかもわかってくるでしょう。もうひとつやることは」

津久井が言葉を切った。藤川は津久井を見つめた。

津久井は、ためらいを見せてから言った。

「タイ人少女の証言の件を、札幌で確認すべきでしょう」

「それはやるつもりでいた」

「少女を助けようとした人権団体はどこなのか、把握されているのですか」

「知っている。東京で記者会見を開いた。女性人権会議ジャパンってところだ」

「札幌に支部があるんですね」

「ある」藤川は自分のノートを開いて、そのページを津久井に見せてやった。このような場合、捜査にはプロの手を借りたほうがよいはずだ。津久井に情報を見せるなら、彼はそれをうまく使ってくれるだろう。

津久井がその人権団体札幌支部の所在地と電話番号を自分の手帳に記した。

藤川は時計を見た。午後十一時三十分だった。明日も朝八時半から監察を始めるなら、そろそろ休むべき時刻だった。

藤川は、津久井と種田に言った。

「きょうは遅くまでご苦労さん。これまでにしておこう。まだ核心には迫っていないけれども、道筋は見えてきたという気がする。ふたりとも、明日もよろしく頼む」

種田と津久井がうなずいた。

佐伯と新宮は、南四条と四丁目通りの交差点まできた。薄野と呼ばれるエリアは、この南四条通りまでである。ここから北側には、大通署の生活安全課は風俗営業を認めていない。

信号待ちしていると、新宮がふいに携帯電話を取り出した。メールでも入ったようだ。

佐伯が新宮を見ていると、彼は驚きの表情で佐伯に携帯電話の液晶部分を示してきた。

「さっきの子からです。萌えっ子クラブにいたって」

佐伯も驚いて、その液晶表示を見た。

このようにメールが入っていた。

「刑事さん、萌えっ子のこと気になる？　あたし十二月はあの店にいた。怖くてやめたけど。こんどきてね」

佐伯は新宮を見つめて言った。

「戻るぞ」

佐伯は振り返った。ちょうど佐伯たちの真うしろ、十メートルほど離れた位置で、すっとひとりの男が物陰に消えた。黒っぽいスーツ姿の男だった。

佐伯はその男を気にかけながら、いまきた道を戻った。新宮が、早足で佐伯を追いかけてきた。男の消えた位置まできても、男の姿はもう見当たらなかった。

佐伯はピンクボタン店長の西原に無理を言い、そのホステスの早退を了承させた。協力しろと強く迫ったのだ。

そう要求することは、さきほどのやりとりの流れで言えば、西原にも見返りを約束するということになる。佐伯は、それをやってやるつもりだった。生安ではなく盗犯係という立場では、できることにも限度はあるが。

口にはできないその約束を、西原は理解してくれたのだった。閉店前に、そのホステスを退(ひ)けさせてくれたのだ。

その子は、中野亜矢(なかのあや)という名前だった。北海道南部の小都市の出身だという。二十一歳。高校を出たあと札幌の美容学校に通ったが、けっきょく美容師にはならずに、アルバイト生活を続けていた。

新宮が言っていたとおり、誰からも、あるアイドルと似ていると言われるという。その容姿に目をつけられたのだろう。四丁目の地下街を歩いているとき、カラス族と呼ばれるスカウトマンに声をかけられ、この商売に入った。二軒目の店が、萌えっ子クラブだった。もちろん最初から、そのような種類の店で働くつもりなどなかった。萌えっ子クラブに移るときも、ただお酒のお酌(しゃく)をするだけだと言われたのだった。

去年のクリスマスも間近のこと、働き始めたその日に、そこが暴力団と関係のあるぼったくりバーと知って驚いた。すぐに辞めようと思ったけれど、おそろしい仕打ちを受けるような気がして、言い出せなかった。

あの転落事件があったのは、働き始めて三日目のことだ。そのお客が、上機嫌で店にやってきた。ビルの前で客引きに捕まったようだった。

「待て」と、そこまで聞いて佐伯は制した。「メモを取っていいな?」

中野亜矢は、不安そうに言った。

「あたし、怖いことにならないよね」

「大丈夫だ」佐伯は、中野亜矢に言った。「好きなものを食え」

さきほど情報屋の田畑とも会った回転寿司屋だった。中野亜矢が寿司をごちそうしてほしいと言ったのだ。高級な店は佐伯の財布では無理であったし、この件では捜査費を請求するのも難しい。しかたなく佐伯は、さっき使ったばかりのこの回転寿司屋を再訪したのだ。もちろん回転寿司は薄野に何十軒もあるが、いちいち店を選んだり探したりするのも面倒だった。

中野亜矢は、目が大きく表情の豊かな女だった。丸顔のせいか、十分に美形なのに、それをあまり意識させない。親しみやすさがあって、彼女が横にきたならば、ぼったくりバーの客も警戒することを忘れるだろう。

中野亜矢は、海老に手を伸ばした。続いてもうひとつ海老。三皿目の海老を食べてから、中野亜矢は言った。

「あれって、事件にはならなかったのがふしぎよね。だって、店長たちがあのお客さんを非常階段のとこに連れ出したのよ。身体を押さえつけて、手すりから落とすぞって脅してた。うるさい客には、いつもやってきたことみたい。あのときは、お客さんがすごく暴れたんで、押さえていた手から離れて、お客さん、落ちちゃったのよ」

佐伯は素早く考えた。このケースは、殺人罪か？　いや、落とすつもりはなく、脅しているときに起こったことだとしたら、業務上過失致死になるのだろうか。傷害罪か。まさか暴行罪では収まるまい。

業務上過失致死だとしたら、悪質性が勘案されても、量刑は最高の懲役五年か。傷害罪で起訴できるなら、最高刑は懲役十五年だ。重罪である。

新宮が、中野亜矢に訊いた。

「そう断言するけど、まさか見てたわけじゃないよな」

中野亜矢は首を振った。

「落ちるところは見ていない。でも」

中野亜矢は携帯電話を取り出して、ボタンを操作してから、新宮の前に突き出した。佐伯も横からのぞきこんだ。

画面に、動画が映っている。かなり暗いが、近所のビルのネオンサインのせいだろう、エレベーターの監視カメラ程度の解像度はあった。非常階段の踊り場らしき場所で、四人か五人の男がもみあっている。ひとりの身体は、手すりから大きくはみ出していた。

落とす直前の映像なのか？

手すりからはみ出ていた人物の影がすっと動いた。同時に画面自体も大きく揺れて、すぐにノイズとなった。

佐伯は新宮と顔を見合わせた。

新宮がまばたきしてから、中野亜矢に確かめた。

「これ、落ちるところなのか？」

「うん」中野亜矢は言った。「あたし、このお客さんが黒服たちに引っ張られたとき、怖くなってすぐ女子用トイレに駆け込んだんだ。暴力沙汰なんて、目の前で見たくないもの。そしたらトイレにも騒ぐ声が聞こえてきて、あたし、窓からちらっとのぞいたんだ」

佐伯は、さきほど見てきた萌えっ子クラブの店内を思い出した。女子用トイレのドアは、男子用トイレのドアの並びにあった。中には入らなかったが、たぶんそこにも小さな窓はついていたのだろう。男子トイレよりも、ちょうど一間半だけ非常階段から遠くなることになるが。

中野亜矢は続けた。

「騒いでるのを見て、あたしふっと、携帯の動画で撮ってしまおうかと思ったのよ。それで、窓の隙間(すきま)から携帯だけ出して階段に向けたってわけ。だから、あたし自身の目で見てたわけじゃないんだけどね」

「もう一回見せてくれ」と新宮が言った。

中野亜矢は、携帯電話を操作して、もう一度その場面を見せてくれた。

非常階段の踊り場のような空間でもみあう男たち。ひとりの身体が手すりからはみだす。残りの男たちが、客の男のうしろ手を取って、客の上体を手すりの外に押し出しているようだ。客の顔はほぼ真正面から撮られている。客は激しく身体を振った。次の瞬間、すっと身体全体が手すりの外にあった。カメラはそこで揺れて、ノイズ。時刻も映っていた。去年の十二月二十三日午後十時十五分前後。

佐伯は釈然としないままに言った。

「携帯って、動く絵も撮れるのか」

新宮が言った。

「何言ってるんですか。佐伯さんの携帯だって撮れるはずですよ」

「使いかたをよく知らないんだ」

「小島百合さんが、教えてくれたんじゃないんですか？」

「けっきょくメールもまだ使えないんだ」

新宮が、それ以上は時間の無駄とばかりに中野亜矢に顔を向けた。

「これ、店長たちは、撮られたこと、知らないのか？」

「知らないと思う。知ってたら、すんなりやめさせてくれなかったでしょう。ねえ、あれって事故ってことでおしまいなの？」

佐伯は腕を組んだ。

この画像が、たしかにあの夜、萌えっ子クラブで撮影されたものなら、店長の今泉はおれたちにも当日の捜査員にも、嘘の供述をしたことになる。彼は非常階段でもみ合ったなどとは言っていないのだ。

中野亜矢に頼んでもう一度見せてもらった。

最後はやはり、男の身体が手すりから離れて、宙に浮かんだように見える。転落の最初の瞬間の様子と見えるのだ。

もちろん映像は、厳密に解析してみる必要はあるだろう。科学警察研究所にあるという高性能ビデオ画像解析ソフトを使えば、この画像からでもかなり鮮明に男の顔をあぶりだすことができるはずだ。撮影時刻についても、操作のしようもないはず。この子があの夜、萌えっ子クラブで働いていたことも証明可能だし、となるとこれは、殺害の証拠にはならないとしても、再捜査を決定するための根拠にはなる。

佐伯は言った。

「その携帯、貸してもらえないか」

中野亜矢は激しく頭を振った。

「駄目ですよぉ。携帯貸したら、あたし、生きてゆけない」

「一日二日でいい」

「駄目だってば」

新宮が言った。

「どうするんです？」

佐伯は言った。

「証拠として保全」

言ってから、できないと気づいた。自分はあの事件の捜査担当ではないし、だいいちこれを不用心に刑事課に持ち込んでも、相手にされないか、当事者たちを警戒させてしまうだろう。鹿島を含めて、何やら疑わしいことに手を染めている連中の。

新宮が、哀れむように佐伯を見てから、中野亜矢に言った。

「いまの話、誰にもするな。この携帯のこともだ」

「どうするの？」

「そのうち、協力してもらうことになるかもしれない」

「怖いこと、やだ。もうあの金子組とは、関わりたくないもの」

　佐伯は訊いた。

「店の連中、あんたのいまの勤め先、知っているのか？　住所や携帯の番号は？」

　中野亜矢は答えた。

「いまのとこは知らないと思う。携帯の番号は教えたけど、店やめちゃったのにまだ何かある？」

「いや、いままで何も連絡がなければ、何もないだろう。これから何かあっても、警察が守ってやる」

　佐伯は自分の名刺を中野亜矢に渡して言った。

「だから、もし協力が必要になったときは、協力してくれ。悪いようにはしない」

　中野亜矢は新宮に顔を向けて訊いた。

「またきて、指名してくれる？」

　新宮が佐伯にちらりと目を向けてきた。どう答えたらよいでしょうと訊いている。

　佐伯は新宮に言った。

「しばらくは、このお嬢さんのそばに、刑事の姿を見せておいてもいい」

　新宮が中野亜矢に言った。

「ということだ。安心していい。上司の保証がついた」

　佐伯は苦笑しながら立ち上がった。

「新宮、お前はお嬢さんを送っていってやれ」

中野亜矢は笑って言った。

「お嬢さんだなんて、言われたことない」

新宮が佐伯に訊いた。

「佐伯さんは？」

「いったん署に戻る。ちょっと情報を整理しておく」

新宮が中野亜矢に言った。

「じゃあ、お嬢さん」

店を出たところで、佐伯は新宮と中野亜矢に手を振った。新宮は中野亜矢と並んで四丁目通りを渡り、南五条の通りを東側に歩いていった。

佐伯は、ネオンサインや電飾看板で明るく照らし出されている通りを、油断なく見渡した。先ほどから気になっていた、黒いスーツの男は見えなかった。新宮たちふたりをつけてゆくような男も見当たらない。

少し神経質になりすぎていたか。

佐伯はふっと吐息をついて表情をほぐし、携帯電話を取り出した。

今夜のうちにひとつ、罠を仕掛けておかねばならない。

薄野の西のはずれ、まだ木造の建物が多く残る一角に、その編集部はあった。昭和三十年代に建てられた二階建ての建築で、かつては一階に馬具屋があったという。いまは一階に焼鳥屋とスナック、二階には麻雀荘とその編集部があるのだった。

佐伯は、いま一度振り返って、尾行のないことを確かめた。はずれとはいえ、まだまだこのあたり、人通りは多い。しかし佐伯のあとをつけていた、と見えるような影はなかった。

佐伯はその木造ビルの横手に回り、外階段を上ってドアの前に立った。

ドアには、セールス・押し売りお断りの表示と、NHK受信料支払い拒否のシールが貼ってある。ちょうど目の高さに、『月刊すすきのタウンガイド』の文字があった。佐伯はこの編集部を訪れるのは初めてだった。編集長の鮎川幹夫とは顔見知りであったが。

ドアをノックすると、すぐにドアは内側から開いた。

五十がらみの、むさ苦しく髪を伸ばした男が顔を出した。鮎川だ。

「早かったんですね」

鮎川の声は濁って震えている。いずれ医師から咽喉ガンと宣告されてもふしぎはない声だった。

佐伯は途中のローソンで買ってきたビールとつまみを相手に押しつけて言った。

「中でいいか？」

「入ってください」

中は八畳ほどの広さの洋室で、灰色のスチール製のデスクがふたつ、向かい合わせに置かれている。至るところに雑誌やら印刷物やらの山ができており、煙草（タバコ）の吸殻がたまった灰皿もほうぼうに置かれていた。壁には「進行スケジュール」と記されたホワイトボードが掛けられているが、記入スペースは白いままだ。デスクのひとつには、デスクトップ型のPC本体と、液晶モニターが置かれていた。雑然とした部屋の中で、そのPCシステムだけは機能に徹した最新型と見える。

佐伯は、手近の印刷物の山を足でよけて、なんとかスツールに腰をおろした。鮎川も事務椅子（いす）に腰をおろし、缶ビールのプルトップを開けた。

佐伯は室内を見渡してから、鮎川に訊（き）いた。

「雑誌は、はやってるのか？」

鮎川はビールをふた口飲んでから首を振った。

「まさか。二年前に競合相手が出てきましたからね。伝統あるうちの雑誌も、もう三ヵ月休刊したまま」

「薄野イエローストリートのことだな？」

「そうです。あっちは風俗営業の広告を入れてるんで、部数も多く印刷できるんですよ。その分だけ、一般のスナックや居酒屋の広告は安くできる。あたしみたいな零細業者は太刀打ちできません」

「負けずに風俗営業の広告、入れたらいいだろう」

「タウンガイドは、品のよさと文学趣味の特集記事が売りなんですよ。風俗営業はどうも」

「そんなに品がいい雑誌だったか」

「イエローストリートと較べてください。うちのは、図書館にも置いてもらえる雑誌なんですから」

「風俗営業の広告を取るつもりはないのか」

「あたしは、そっち方面は素人ですからね。営業かけたって、いろいろ難癖つけられてカネもらえなかったりとか、そういうことが心配なんですよ」

「薄野イエローストリートは、そのへんのところ、どうしてできるんだ?」

「噂しか知りませんが、後ろに誠勇会がついているんでしょう。誠勇会だって、正面からみかじめ料要求するのは危ないけど、イエローストリートに広告を出すってことをみかじめ料代わりにさせるんなら、合法的だし」

きょう聞いた話の断片が、少し整理された。あの転落事故のとき、なぜ薄野イエローストリートのカメラマンが絶妙のタイミングで駆けつけたか、その理由も解明されたようなものだった。もしかすると、ピンクボタンの西原が言っていた謎というのも、このシステムのことなのかもしれない。

佐伯は話題を変えた。

「それで、頼みだ。明日一日、この事務所を貸してくれないか」

鮎川が目をみひらいた。

「この編集部を？　明日一日ですか？」

「夜、いまごろまで」

「ここで何をやるんです？」

「誘蛾灯を仕掛ける」

「ユウガトウ？」

佐伯は答えずに言った。

「明日一日、ここにはこないでくれ。くるときはおれと一緒だ。連絡する」

「危ないことですか？」

「いや。どんな蛾がくるのか、確かめるだけだ」

「あたしの見返りは？」

「うまくゆけば、イエローストリートは廃刊だ」

鮎川のむくんだ顔がほころんだ。

「なんでもやってください」

佐伯は鮎川の棚を眺めた。書類ホルダーがいくつも並んでいる。

「協賛広告関係」「すすきの祭り関係」「スタンプラリー関係」といったラベルが貼ってあった。

佐伯は言った。

「新しい書類ホルダーをひとつ作ってくれ」

鮎川は、「協賛広告関係」のラベルの貼られたホルダーを取り出し、新しいラベルを背表紙に貼った。

「なんて書きます?」

「栗林転落事故関係。赤いサインペンで、極秘」

「中身は?」

佐伯は、横のデスクにあった雑誌を手にとった。『素人熟女図鑑』というタイトルの雑誌だった。

鮎川がこほんと咳(せき)をした。

佐伯はその雑誌を鮎川に手渡して言った。

「雑誌の中に、どうでもいいようなチラシとか写真とかをはさんでおいてくれ」

鮎川が言われたとおりに書類ホルダーを作り、もとの位置に戻した。

「ここには防犯カメラはあるか」

「ありません。何をするんです?」

「ここにやってきた蛾の顔を見たいのさ。ないのか」

「うちは興信所とはちがいますから」

佐伯は、横のデスクからもう一冊の雑誌を取り上げた。

タイトルはこうだった。

『やっちゃいけない。盗撮完全テクニック』

その雑誌を、タイトルが読めるように鮎川の前に放(ほう)った。

鮎川は頭をかき、小さな声で言った。

「盗撮被害の相談にのったりすることもあるものですから」

「なんだって?」

「いえ」鮎川は首を振った。「ウェブ・カメラが使えますね。誰かのパソコンで二十四時間監視できる」

「録画はできるのか」

「相手のシステム次第」

「カメラはどこにあるんだ?」

鮎川は、デスクの引き出しを開けて、わざとらしく中を探った。そんなものはふだん使っていないのだ、とでも言いたいようだ。やがて鮎川はカメラを取り出した。ピンポン玉ほどの大きさで、台座がついている。台座のうしろから、黒いコードが延びていた。

鮎川は、そのカメラを液晶モニターの上に設置して言った。

「パソコンの電源は落とさないで、このままにしておきます。部屋に入ってきてこの机を探ろうとすれば、顔が映る。誰かがわたしのサイトにつなぎっぱなしにしておけば、監視カメラとして使える」

「照明は必要ないのか？」

「日中なら、窓からの明かりで十分。夜になったとしても、誰かがマウスに触っただけで、モニターが待ち受け画面になります。その明かりで、顔はわかる」

鮎川がケーブルをPCに接続し、さらにマウスを数回クリックした。モニターの左上に、七、八センチ弱の四角い画面が現れた。ふいに映ったのは、鮎川の顔だった。いまこの瞬間の鮎川の顔が、モニター上に映っている。動きはぎこちない。しかし、顔の特定なら十分だ。

「この画面は」と鮎川が説明した。「ネット経由で映っているんです。このサイトにアクセスできれば、誰でもこの画面を見ることができる」

「公開されてるってことか？」

「公開することも可能」

佐伯は鮎川の隣に立った。自分の姿もモニターに映った。「あんたが、どこかでこのカメラの監視と録画をやってくれないか」

「システムを持っていませんよ」

「イエローストリートを営業停止にしたくないか」

鮎川はまた頭をかいて言った。

「友達の事務所に頼んでおきましょう。ハードディスクに録画してくれます」

佐伯はうなずいて鮎川の背を軽く叩いた。

「おれたち、いいつきあいができそうだな」

鮎川はおおげさにうなずいた。

「そうですね。そうです」

佐伯は時計を見た。午前零時になるところだった。そろそろねぐらに帰る時刻だ。

6

翌朝、佐伯宏一が大通署に出勤したとき、刑事部屋には二十人ほどの捜査員がいた。出勤してきたばかりの日勤者のほか、報告書作りなどで残業している当直勤務者もまじっているはずである。定時五分前だ。

右隣のデスクで、新宮があいさつしてきた。

佐伯は訊いた。

「昨日、送っていったんだろうな」

新宮は、短く、ええ、とだけ答えた。

佐伯は自分のデスクの椅子に腰をおろした。盗犯係の係長は、先任警部補で千葉という男だった。佐伯よりも二歳年上で、大通署の盗犯係は四年目だ。スポーツ新聞を読んでいる。北海道日本ハム・ファイターズの昨日の戦いぶりを読んでいるのだろう。

佐伯が自分の椅子に上着を引っかけると、千葉が顔だけ上下させてあいさつしてきた。

佐伯はフロアの中を見渡してから、千葉に訊いた。

「何かざわついていますけど、何かありましたか？」

千葉が新聞から目を離して答えた。

「去年の暮れの薄野転落事故、覚えているかい？」

「ええ」もちろん知っている。関心がある、と言ってもいい。それも、かなりの程度に。

千葉は続けた。

「あの件について、昨日、遺族から再捜査請求があったそうだ。一課長は無視するつもりだったらしいけど、うちの生安に特別監察が入った。事情が変わったんだ」

「それも聞きました。本部の生安も対象だとか」

「そうらしいな。なんでも監察官は、あの転落事故の処理も問題にしているんだそうだ。きょうは刑事課に呼び出しがくる」

佐伯はとぼけて訊いた。

「事件扱いしなかったことでですか？」

「ああ。いまになって、うちの上のほうは、あれが事故扱いになった経緯をあわてて調べてる。誰が決裁したんだったかってな。係長以上、きょうは早めの出勤命令が出て、額突き合わせてすり合わせ中だ」

「組織のことです。責任者ははっきりしているじゃないですか」

「郡司事件のときを思い出せよ。あのときだって、ことが明るみに出たら、関係していたはずの連中がみな言い出した。おれは知らない。おれは聞いてないって」

「じゃあ、こんどもそれで逃げきれるでしょう」

「相手は警察庁の監察官だ。やり手だって話だぞ。通用するかな」

部屋の入り口の方向で、せかせかとした足音が響いた。佐伯が首をめぐらすと、刑事第一課の課長補佐が部屋に入ってきた。井上だ。

井上は自分の席についてから、佐伯に目を向けてきた。心配ごとでもありそうな表情だった。

「佐伯、昨日の件、被害届けは？」

佐伯は答えた。

「きょう、ホテルから出るはずです。部屋からは何も盗まれていないので、窃盗ではなく、不法侵入ってことになります」

「被害はない？」

「そうなんです。被害なし。ただ」

「何だ？」

「荒らされた部屋は、昨日、うちの刑事課に再捜査を求めにきた男性のものでした」

盗犯係の捜査員たち全員が、佐伯に目を向けてきた。いや、声の届いた範囲で、刑事部屋の捜査員たち全部の目が、佐伯に集中した。強行犯係の係長も、睨むように視線を佐伯に向けてくる。再捜査要求の件は、もはや刑事部屋の捜査員全員が知っていることなのだろう。

井上が訊いた。

「栗林って男か？」

「そうです。大通署を出たあと、薄野を回ってホテルに戻ったら、部屋が荒らされていたとのことでした」

「その件、去年のあの転落事故と何か関係ありそうか」

「まだわかりません。栗林って男性が薄野のどこかでホテルのカードキーを掏られたのは確かなので、ちょっと薄野を回ってきました」

「あの転落事故の件で、いまうちは大騒ぎなんだ。関連でも見つかったか」

「再捜査をやるだけの疑いはあるように思いましたよ」

刑事課の庶務係の婦人職員が、お盆に急須を載せてやってきた。去年職員として採用された子だ。松島という、課のマスコット・ガールだった。

「お代わり、いかがですか」

井上が、自分の湯呑み茶碗に新しい茶を注がせた。

「佐伯さんは」と松島が微笑して訊いた。

「おれはコーヒー党だって」と佐伯は答えた。

そこに強行犯担当の課長補佐が近づいてきて、佐伯に訊いた。

「いまの件、根拠でもあるのか？」

佐伯は、その補佐に身体を向けた。彼は関口という名の警部だった。

佐伯は部屋の多くの捜査員たちが耳を澄ましているのを意識した。自分が昨夜やってきたことは、多少は領海侵犯である。盗犯係としてやるべきことの範囲を、いくらか逸脱していた。それも強行犯係という、捜査員の中でもエリート意識の強い連中の縄張りの側にだ。

佐伯は関口に答えた。

「目撃証言を探せばいい、という感触は得ました」

「あの事故のことを含めて聞き込みに出たのか？」

「関連していることだと判断したものですから」

「感触は、具体的にはどういうものだ？」

「ある情報誌の編集部に、垂れ込みがあったそうです。あれが事件だってことを証明する、なにか決定的な証拠みたいなものが持ち込まれたらしい」

「なんで情報誌の編集部なんかに？」

「さあ。警察が事故扱いなんで、そういうところしか持ち込みようがなかったのかもしれません。たまたま編集部の誰かと関係者が親しかったのか」

「何のために持ち込んだんだ？　事件にしろってことかな」

「薄野情報に詳しい編集部らしいですから、うまく使ってくれということなのかもしれませんね。使い方によってはカネになるということかもしれません」

関口が思いついたように横から言った。

「すすきのタウンガイドなら、薄野の小ネタをいろいろカネに替えている。マッチポンプもやってきた」

井上が関口に顔を向けて言った。

「佐伯は勇み足でした。申し訳ありません。でも、せっかくこういう感触があるなら動いてみたらどうですかね。きょうこれから監察官がやってきても、事件の可能性も睨んで捜査を続けていたと。事故で処理したわけじゃないと、胸張って言えるようにしておくのがいいかもしれない」

関口は、デスクに着いている強行犯係の捜査員たちを見渡して言った。

「大島、海野、お前たちがサラリーマン転落事故の担当だ。転落事故のあった翌日から、担当を命じられたことを覚えているか」

主任のひとりの大島が即座に答えた。

「覚えています。わたしは、事件性があるやもしれずということで担当でした」

関口が望んだとおりの答えかただったようだ。

関口は満足そうにうなずいてから、もうひとりに訊いた。

「海野は？」

若手捜査員の海野巡査が答えた。

「あの転落事故の担当として、わたしも大島巡査部長を補佐して捜査を続けておりました」

関口が、これでどうだというように、井上のほうに顔を向けた。

井上が言った。

「佐伯は、そっちから手を引きます」

かまやしない、と佐伯は思った。この一件、はずされることは予測がついていた。だからこそ、昨夜のうちにやるべきことをやっておいたのだ。

佐伯は、コーヒーを買いにゆこうと、小銭入れを持って立ち上がった。

津久井がその会議室に入ったとき、藤川監察官はすでに、種田主査と共に書類ホルダーと格闘しているところだった。

津久井は驚いて腕時計を見た。自分が遅刻したとは思っていなかったのだ。時計は八時二十五分だ。しかし彼らふたりの様子は、少なくとも三十分以上前にこの会議室に入っていたように見える。

大きなテーブルの上に、書類ホルダーがいくつもの山となっている。藤川も種田も、それぞれのモバイル・コンピュータはテーブルの脇によけていた。調べているのは、道警のデータベースには収まっていない古い記録か、データベースには収まらない周辺の記録なのかもしれなかった。

津久井があいさつすると、藤川は言った。

「もう少ししたら、また運転してくれないか。一緒に訪ねたいところがある」

「はい」津久井は答えた。「道警のどこかの部署でしょうか」

「ちがう。例のタイ人少女の駆け込み先だ。担当者から事情を聞く」

「アポイントはもう取れたんですか？」

「まだだ。中央区の南十九条西八丁目というのは、ここから遠いかい？」

「いえ。十分で行けます」

「じゃあ、九時十二分前に、車を用意しておいてくれないか」

藤川がテーブルから身体を起こして背を伸ばした。

津久井は訊いた。

「何かわかりましたか？」

「いいや」藤川は首を振った。「少なくとも、組織的な癒着はないようだ。道警本部は、この二年間でじつに徹底的に組織を粛正してるよ」

「となると、不正があったとしても、現場警察官の個人的な不祥事ということになりますか」

「その結論は早すぎる」

藤川は、手にしていた銀色のボールペンをテーブルの上に転がした。

佐伯がトイレから刑事部屋にもどってきたとき、強行犯係がざわついていた。

佐伯は、新宮に訊いた。

「何があったんだ？」

新宮が言った。

「殺人のようです。東署管内ですが、今朝、豊平川緑地で死体が発見されたんです。水死のようだという一報でしたけど、絞殺だとわかったって。それでいま照会のファクスが回ってきたんです。若い女だとか」

強行犯係のデスクで電話が鳴った。婦人職員が電話に出てメモを取ると、電話を切ってから課長補佐に言った。

「補佐、被害者、身元がわかりました。ナカノアヤ。カードからわかったそうです」

佐伯は驚いて新宮を見つめた。新宮も、その名前にすぐ反応していた。目が激しくみひらかれている。

佐伯は新宮に目で合図して廊下に出た。新宮が、青ざめた顔で佐伯のあとを追ってきた。

給湯室の脇まで歩いて、佐伯は新宮に訊いた。

「お前、送っていったんだろう？」

新宮は首を振った。

「いや。ここでいいって言われて、あのあとすぐ別れたんです」

「送っていったと、さっき言わなかったか?」

「すいません。言いにくくて」

「タクシーに乗せたのか?」

「いいえ。彼女、あのあとどこかの店に行くような雰囲気でしたよ。ホストクラブとか」

「確かめなかったのか」

「すいません」

佐伯は、ピンクボタンを出たときから気になっていた尾行者のことを思い出した。黒っぽいスーツを着た男。萌えっ子クラブのあの格闘技系の男に似ていたような気もするが、薄野の暴力団の大半はあの手合いだとも言える。確信は持てなかった。

あいつが萌えっ子クラブの従業員だったとしたら、やつは自分たち刑事と元ホステスとが会っていたことを確認したはずだ。会う理由については、彼だってすぐに思い至る。あのホステスが事件の何ごとかを目撃していたか、証拠を持っているのではないかということだ。

ということは、この殺人は、いったん事故扱いされた一件の証拠隠滅(いんめつ)? 証人の抹殺ということか?

いや、と佐伯は思い直した。あの栗林の父親には申し訳ないけれども、転落死の件は殺人事件になるかどうか、微妙なところがある。過失致死で終わる可能性も大だ。有能な弁護士なら、絶対にそうできるだろう。となると、量刑は懲役五年以下。傷害罪で立件できた場合なら、十五年。

ちがう。

佐伯は首を振った。そうではない。そんなことではない。中野亜矢は、もっと大きな犯罪を隠すために殺されたのだ。連中にとって死活問題の。将来にわたって商売に影響が出るほどの、何かを隠すためだ。

何だろう、それは。殺人と見合うほどの何か。殺人罪と引き換えにできるだけの大きな利益。なんだろう？　名目上の店長を刑務所に送らないといった程度のことではない。絶対にそんな程度のものではない。

新宮が、頰(ほお)をこわばらせたまま、また言った。

「申し訳ありません。指示に従わなくて」

佐伯は新宮を見つめた。はやりの顔だちの青年刑事。それでいて、こと女とのつきあいになると、妙に不器用なのだ。押しが弱いのだ。佐伯の世代の警察官にはまだ女との自然なつきあいの苦手なバンカラが残っていたが、この年代の警察官には珍しい。

佐伯は新宮に小声で言った。

「おれたち、骨を拾わんとならんぞ」

新宮は、こくりとうなずいた。

「やります」

佐伯の報告を聞くと、課長補佐の井上は難しい顔になった。

「東署の事件だぞ」

佐伯は、井上の顔をのぞきこむように言った。

「昨日の後楽園ホテルの件から、この女のところにたどりついているんです。何か裏のある事件です」

「捜査本部ができる。そのときに情報を出せ」

「東署の手柄にするんですか？　こっちがもう唾をつけてしまっているのに」

「組織ってものがあるだろう」

「こっちはもう動いてる事件なんですよ。その結果、殺人犯逮捕となれば最高でしょう。杓子定規に、手柄を東署にやるんですか」

「お前は、盗犯係なんだぞ。手柄にするとしても、そいつは強行犯係のものだ」

「事件を転落事故にしてしまった係に、まかせられますか」

井上は、おびえたような目で顔を右に向けた。強行犯係の捜査員に聞こえやしなかったか、それを心配したのだろう。残念ながらいま、佐伯が聞かせてやりたかった連中は部屋にはいなかった。

佐伯は畳みかけた。

「昨日の件の延長で、おれにやらせてもらってかまいませんね?」

井上は、もう一度強行犯係のデスクをうかがってからうなずいた。

佐伯は背を起こして言った。

「相手は、殺人犯です。拳銃(けんじゅう)携帯命令、いただきます」

「いいだろう」

「新宮もです」

横で新宮が驚いたのがわかった。命令が出るとなれば、新宮はこの大通署盗犯係に配属されて初めて、拳銃携行の勤務となるはずである。

「命じる」と、井上は言った。

その団体事務所があるのは、札幌市市街地の西寄り、薄野の繁華街からもさほど遠くない地域だった。一帯は中・高層の集合住宅が多かったが、中通りに入ると、ぽつりぽつりと二階建てのアパートもまじっている。さすがに一戸建ての民家は少なかった。

津久井は、教えられた番地の前で正確に公用車を停めた。

木造の、同じかたちの窓が並ぶ二階家だった。造りから言って、アパートではなく、寮か個人病院という雰囲気があった。玄関はひとつで、柱に表示が出ている。

「女性人権会議ジャパン札幌事務所」

津久井は、運転席から後部席の藤川に訊いた。

「ここでいいんでしょうか?」

藤川は、窓ごしにその玄関口を見て言った。

「まちがいない。ここだ。待っててくれるか」

「まだ九時です。開いていないかもしれない」

「ひとが住んでるような建物だよ。誰かいるさ」

藤川が車から降り立った。

津久井は中通りの前後を見てから、自分も車を降りた。

中通りの西十三丁目側を見たとき、ひとりの女性の姿が目に入った。三十歳前後だろうか、地味なジャケットにパンツ姿で、大きなトートバッグを肩に引っかけていた。短めの髪は染められていない。図書館司書か保母かという雰囲気のある女性だった。津久井たちから十メートルほどの距離だ。

向こうも津久井たちに気づいたようだ。足を止めた。顔に不安の色が浮かび、視線が左右に泳いだ。

藤川が、建物の玄関口で、チャイムのボタンを押した。女性は、藤川を見つめている。藤川を凝視していた。

藤川も、その女性に気づいた。

「こちらのかたですか」と、藤川は女性のほうに一歩近づいて訊いた。

女性は退いて訊いた。

「どちらのかた？」

「失礼。警察庁の者です」

「警察庁？　道警のひとじゃなく？」

「ちがいます」

女性は、津久井を見てから、また藤川に視線を戻した。

「何かご用でしょうか。その事務所の関係者ですが」

「話を聞かせていただきたくて、東京からきました」

「何の？　どんな話を？」

藤川は言った。

「去年、タイの少女を保護しようとして、暴力団に連れ去られた件で」

「そのこと、ご存じなんですか」

「ええ。タイの国家警察から、少女の証言について記録を受け取っています」

「身分証明書、お持ちでしょうか」

「ありますよ」

藤川が濃紺のスーツの内ポケットに手を入れて、手帳を取り出した。警察手帳とはちがう。黒い高級革を使った私物と見えた。

「身分証明書と名刺です」

女性はどうにか少しだけ警戒を解いたようだ。近づいてきて、藤川から名刺を受け取った。

「警察庁監察官?」

「各県警が不祥事などを起こさぬよう、監督している部署にいます」

「警察庁って、県警本部ともべったりなんでしょう?」

女性の言葉には皮肉な調子はなかった。常識について念を押しただけだ、と聞こえた。

藤川が苦笑した。

「監督官庁ですからね。あまり処分者を出したくない、という気持ちは働きがちですが」

「今回は何です？　わたしたちは、警察とは無縁に活動を続けていますが」

中通りに乗用車が一台入ってきた。

藤川が、道を空けながら言った。

「少しお話を聞かせてもらえませんか。警察に保護を求めたら暴力団がやってきたという一件」

女性は少し考える様子を見せてから言った。

「事務所を開けます。そちらで、どうぞ」

「お名前は？」と藤川が訊いた。

「酒巻です」と女は答えた。「札幌事務所のディレクターです」

女性人権会議ジャパンの札幌事務所のオフィスの隅で、津久井たちはその女性から話を聞いた。

オフィスは、デスクも書類棚もデスクトップのPCもすべて白っぽく統一された部屋だった。可愛らしい置物やパステル・カラーの文具などはなかった。機能性が強調されている。地球温暖化防止や資源のリサイクルを訴えるポスターが、壁に貼られていた。いかにも国際的な人権団体の支部の事務所という雰囲気だった。

建物は宿泊も可能となっており、保護が必要な女性は建物の中で生活もできるとのことだった。津久井は、その組織と施設について説明を聞きながら、女性用駆け込みシェルターを想像した。たぶん対象に外国人も含まれているだけで、性格はそれと変わりはないのだろう。

その女性、酒巻純子は、最初はなおいくらか警戒的で、なにもかもすべて語ろうという姿勢ではなかった。小出しに語りながら、藤川が信用できる相手かどうか、確かめているようだった。しかし、そのうちに警戒も消えたようだ。タイ人の少女娼婦ナンタワン・ヤーンと接触した前後の事情、そして宿舎から脱出させることに成功したのも束の間、駆け込んだ交番の警官に、こともあろうに暴力団に連絡され、引き渡されてしまった事情を語った。

酒巻純子は言った。

「薄野で、外国人の娼婦を助けることには、危険が伴うって言われているんです。それは承知です。暴力団にとってはうま味のあるビジネスだし、買ってきた娼婦が若ければ若いほど、いい値がつくんです。この少女はわたしたちと接触したとき十六歳。二年前に日本に連れてこられたと言っていたから、十四歳のときに人買いに売られてきたんです」

藤川を見つめる酒巻純子の表情は、あなたはそれで胸が痛まないかと、なじっているようだった。

藤川はあまり表情を変えないままに神妙に聞いている。

酒巻純子は続けた。

「警察も信用できないって印象は、前からあったんです。だからあの少女のときも、わたしたちが警察の手を借りずに助けようとした。結果として、あんなことになってしまったんだけど」

藤川が訊いた。

「警察が信用できないと言うのは、一般論ですか？　日本の警察全体について言っているのかな。それとも道警の大通署のこと？」

「道警のこと」と酒巻純子は言った。「中国人の風俗営業には厳しいってことは、薄野の事情通から聞かされます。密告すれば、必ず警察は動いてくれるって。でも、日本の暴力団がからんだことだと、大通署の腰は重い。つまり中国マフィア追放には熱心だけど、日本の暴力団のやっていることには甘いって。わたしたちも、細かなことをいくつも経験して、なんとなくそんなものだと学習してきた。だから、人買い組織とは、警察の力を頼らずに戦ってきた」

「警察にまかせてください。あなたのようなひとたちが、暴力団を相手にするのは無理だ」

「女には無理、っておっしゃいました？」

「いや、捜査権も持たない民間団体が、ということです」

「味方になってくれなきゃ、しかたがない」

藤川が話題を変えた。

「その日、その少女が暴力団らしき男たちに拉致されていったあと、あなたはどうしました？　警察には訴えなかったんですか？」

「警察が暴力団とつるんでいたんですよ。またのこのこ、警察に行けると思います？」

「少女の生命が危なかったかもしれない。その交番ではなく、大通署に訴えることもできた。拉致があったと。そうすれば、非常線が張られて、少女の身柄はすぐ確保されたかもしれなかった」

「できなかった。やる気にはなれなかった」

「そこで放っておいたと？」

「まさか」酒巻純子は、自分の怠惰を非難されたとでも思ったようだ。声に怒気がこもった。「わたしたちは、タイ大使館に連絡しました。大使館を通じて、つまり外交ルートで外務省から警察庁、そして道警へと連絡してもらうことを期待したんです。ナンタワンの名前も伝えた。でも」

「でも？」

「それがどうなったかわからない。外務省が、警察庁には連絡を取らなかったのかもしれない。大使館の担当者は、連絡ありがとうとは言ってくれたのだけど」

「そして、二ヵ月後、その少女はあらためて自力脱出、タイ大使館に駆け込んだんですね？」

「ええ。わたしたちが頼りにならないと思われたようで、悔しい想いをしました」

藤川が腕を組み、津久井に視線を向けてきた。きみも何か質問はないかとでも言ったようだ。しかし、監察官の部下でもない自分がここで質問をするのは、出過ぎた真似のような気がした。津久井は首を横に振った。

藤川が、自分の手帳を開いてボールペンをノックし、酒巻純子に訊いた。

「そのときの警官の名前は、わからないんですね？」

「ええ。自己紹介はいただかなかった」

「十月七日、という日付はまちがいありませんか？」

酒巻純子も自分の手帳を開いた。

「まちがいありません」

「交番名は、環状通り交番」

「環状通りの西七丁目」

津久井は横から言った。

「大通署の環状通り派出所でしょう」

「サンキュー」

藤川が、協力の礼を言いながら立ち上がった。

酒巻純子が、テーブルの上で両手を組んで、訴えるように言った。

「北海道のあちこちの温泉地では、まだ何人ものアジアの少女が売春をさせられている。国際的な人身売買組織から、業者が買うんです。業者の多くは、地元の暴力団と結びついている。なんとかする気はないのですか？」

「警察庁も、手をこまねいているわけじゃありませんよ」藤川は津久井を手で示して言った。「さっきも紹介しましたが、彼は道警の警察官です。今後何かあったら、彼に直接連絡してください」

想像もしていない言葉だったが、津久井は驚きを見せたりはしなかった。手帳から名刺を取り出して、酒巻純子の前に置いた。個人用で、携帯電話のｅメール・アドレスも印刷してあるものだ。酒巻純子は、昆虫の標本にでも触れるような手つきで、その名刺を引き寄せた。

玄関口を出て公用車に向かいながら、津久井は藤川に訊いた。

「環状通り派出所ですね」

「ああ」藤川が言った。「しかし、まったく信じられないような話だな。交番の警官が、暴力団に娼婦を引き渡したなんて」

返事を求められたわけではなかった。津久井は無言のままでいた。

中野亜矢の遺体は、札幌医科大学法医学教室の一室にあった。ステンレス製の大テーブルの上に横たえられている。ブルーのビニールのシートがかけられていた。

司法解剖担当の医師は、六十がらみの老教授だった。すでにどんな遺体に接しても動じることもなくなったという顔である。あるいは、この教室の中では一切の感情を出すまいと意識して作られた表情かもしれなかった。いずれにせよ、謹厳であり、無感動だった。

その老監察医がビニールのシートをはずした。女の顔が現れた。肩まで見えたが、裸のようである。女の顔は、鬱血(うっけつ)なのか、黒ずんでいる。目はつぶっていた。

新宮が、女の顔を真正面から見るように移動した。佐伯は、テーブルの反対側で、同じような位置に立った。まちがいない。中野亜矢だ。昨夜、回転寿司をごちそうした相手だった。

老教授が言った。

「死因は絞殺。首の下を見てください。細い紐(ひも)状のものが食い込んだ跡だ。うしろから絞めたのだろう」

佐伯は、中野亜矢の首の下を見ながら訊(き)いた。

「うしろからというのは?」

「抵抗の痕跡だ。正面からであれば、抵抗したときに爪はさまざまなものを引っかく。男の顔、肌、髪であったり、服の繊維であったり。ときにはボタンを引きちぎったりもする。それがほとんどない」

「何かはあったんですね?」

「微量だけど、黒いレザー」

「革紐で絞められたということですか?」

「いや。殺害犯は、黒い革手袋をしていたんだろう」

新宮が、苦しげな調子でもらした。

「プロだ」

佐伯は横目で新宮を見た。彼の顔は蒼白だ。目が吊り上がっている。白目の部分は、佐伯が初めて見るほどに充血していた。

佐伯は監察医に訊いた。

「死亡推定時刻は?」

「午後九時から朝四時ぐらいのあいだだな」

「幅がありますね」

「食事の時間がわかれば、もっと狭められる」

「何を食べていました？」

「アワビ、タコ、エビ」

新宮の目は、落ちんばかりにいっそう大きく見開かれた。口から、何か声にならない声が漏れた。

監察医が新宮の表情に気づいて訊いた。

「何か？」

新宮が答えた。

「それって、昨日の晩、十一時半前後に食べたものです」

監察医は、とくに表情も変えずに言った。

「じゃあ、死んだのは深夜零時半から二時のあいだだ」

別れた直後に殺されたということだ。やはりあの尾行していた男に容疑をかけてよいのではないか。物盗りという可能性は残るにしても。

佐伯はシートを戻して、中野亜矢の顔を隠した。

新宮が、消え入りそうな声で佐伯に言った。

「申し訳ありません。おれ、言われていたのに」

「いい」佐伯は新宮の肩を軽く叩いた。「おれの指示も、悪かった」、
監察医がドアへと歩いて、室内灯を消した。

公用車に戻ったところで、藤川が携帯電話を取り出した。

津久井はエンジンを始動させて、藤川の指示を待った。

藤川が、電話の相手に言った。

「大通署地域課の警官のことを調べて欲しい。去年十月七日、環状通り派出所に配属されていて、日勤だった者だ。姓名階級と現在の配属を」

相手は種田主査ではなく、道警本部の誰かのようだ。広畑秘書室長かもしれない。

藤川の携帯電話にコールバックがあったのは五分後だった。

当日日勤であった三人の警官の名が挙がってきたようだ。藤川はその三人の年齢を訊いてから、さらに訊いた。

「その二十七歳の野々村大地は、いまどこです？」

すぐに答が返ったようだ。

「大通署地域課。ただし、きょうは非番ね。いま連絡取れますか？」

回答は一分後だった。

藤川が、返答を聞いてから指示した。

「本部に出頭させてください。聞きたいことがあります」

　相手は、素直に返答しなかったようだ。

　藤川が声を荒らげた。

「わたしの指示ということは、監察官命令ということです。旅行中ならともかく、札幌市内にいるんでしょう？」

　携帯電話を畳むと、藤川が津久井に訊いた。

「機動隊の宿舎は近いのかい」

「ここから二十分ぐらいです。警察学校の隣にあります」

「そこにいるそうだ。機動隊の野球チームにまじって、練習しているとか。どういうことだろう」

「今週末から、管内対抗の野球が始まるんです」

「この野々村っていうのは、選手なのか？」

「そうなのだと思います。署のチームなのか、横断チームか、同好会なのか、わかりませんが」

　津久井の携帯電話の着信音が鳴った。電話を取り出してモニターを見ると、eメールが入っている。相手はわからない。これまでやりとりしたことのない相手だ。

　藤川が言った。

「問題の派出所の前を通って、本部に戻ってくれ」

「はい」

津久井は、いったん携帯電話を畳むと、公用車を発進させた。

運転席から新宮が訊いた。

「次は、発見現場でいいですか?」

佐伯はうなずいた。

「行ってくれ」

捜査車両は、札幌医大の駐車場を発進した。死体発見現場は、東署管内の札幌市東区雁来だという。札幌を南北に貫く豊平川の河川敷、その岸辺で中野亜矢の死体は見つかったのだ。早朝、犬の散歩にやってきた近所の住人が発見した。

新宮は、車を駐車場から出して、南一条通りに入った。

三ブロックほど進んだところで、新宮が訊いた。

「どうかしましたか? やっぱり怒ってますか?」

佐伯は我にかえった。また思い出していたのだ。あのおとり捜査が失敗した経緯。あれがまだ気になる。どこで、どうばれてしまったのか。自分と津久井が警官であると、彼らが確証を持ったのはなぜか。

昨日も津久井に言った。連中は、何らかの情報を得て、ふたりが警官であることを知ったにちがいないのだ。だから一千五百万の取り引きだというのに、当日になってこれを流した。ふたりの前に二度と現れることはなかった。

監察官の関心のひとつは、タイ人の少女娼婦を使う非合法組織。それはあのときの捜査対象であった人身売買組織と、あるいはシステムと、何らかの関係はないのだろうか。あのときうまく逃げ果せた組織が、その少女娼婦を札幌の組織にあっせんし、札幌の組織は組織で、少女娼婦を軟禁状態にしてたっぷりと稼いだということではないのか。そして、やはり大通署生安との癒着を疑われるあのぼったくりバーの一件。ふたつのことがひとつの組織につながるのだとしたら、いまの自分のこの捜査は、おれにとって七年前に失敗したおとり捜査の、最終的な解決段階だと言うこともできるのだった。

もちろん、それがほんとうにつながっていれば、の話ではあるが。

佐伯は助手席で姿勢を直してから言った。

「いや、なんでもない。現場に行ってくれ」

新宮は黙ってうなずいて、捜査車両を静かに加速した。

野々村大地巡査は、髪を短く刈った、見るからに模範的な青年警官と見える男だった。日に灼けた顔に、輪郭のくっきりした目鼻立ち。姿勢がよく、礼儀正しかった。彼はいま、非番なのに、わざわざ制服に着替えて、道警本部ビルのその会議室に入ってきたのだった。

津久井と目が合うと、野々村は一瞬怪訝そうな表情となった。津久井の顔は知っていたようだ。百条委員会で「うたった」巡査部長がここにいたので、何か不審を感じたのかもしれない。

藤川が名乗ってから、種田と津久井を簡単に紹介した。自分はいま監察にきているのであり、きみにも協力してもらうと。

野々村は種田と津久井に小さく会釈してから、短く、はい、と答えた。

藤川は、手元の書類を一瞥してから、野々村に訊いた。

「昨年、十月七日のことを思い出してもらいたい。きみは大通署地域課警察官として、環状通り派出所に配属されていた。この日は日勤だった。まちがいないか？」

野々村は、困惑を見せて言った。

「記録がそうなっているなら、そうなのでしょう。わたしは十月七日と言われても、それがどんな日だったか、思い出せないのですが」

「ぼちぼち思い出してくれ。この日、きみが派出所にひとり残っていたとき、女性ふたりが派出所に駆け込んできたはずだ。ひとりはタイ人の十六歳の少女、もうひとりは、NPO団体の職員で、三十歳の日本人女性だ。タイの女の子は暴力団に軟禁されて客を取らされていた。隙を見て逃げ出し、NPOの女性と一緒に、助けて欲しいと派出所に駆け込んだのだ。きみが応対したはずだ」

「ええと」野々村は口ごもった。視線が落ち着きなく左右に動いた。「記憶にありません。そういう記録が残っているんでしょうか」

「いいや。派出所の日報には、その件は記録されていない」

「じゃあ、そんなことはなかったんじゃないでしょうか。記録が残っているなら、わたしが忘れただけだと思いますが」

藤川が津久井に目で合図した。

津久井は自分の携帯電話を取り出し、先ほど届いた画像を呼び出した。モニターに現れたのは、制服姿の野々村の姿だった。派出所の中で撮られたものと見える。にやりと笑って、手を上げている。カメラに向かって敬礼をしているようにも見える写真だった。

津久井は携帯電話のモニターを野々村に見せた。野々村の目がみひらかれた。

藤川が言った。

「そのNPO団体の女性が、派出所を立ち去るとき、携帯電話できみを写したんだ。撮影日時がわかる。その写真、きみだろう?」

野々村は、いったん口を開けたが、言葉は出てこなかった。

藤川がたたみこんだ。

「思い出したろうか。去年の十月七日、午後一時三十二分前後だ」

「思い出しました」野々村が言った。「そういうことがあったような気がします」

「となると、日報に何も記録されていないのはなぜだ? ふしぎだな?」

「ええと」野々村はもう一度津久井の持つ携帯電話に目をやった。「さほど重大なことであったと認識しなかったのかもしれません。道を訪ねられた程度のことにしか、考えなかったか」

津久井は携帯電話を戻してポケットに収めた。

藤川はさらに訊いた。

「不法監禁と売春防止法違反、出入国管理法違反も疑えることだ。それを、重大事と認識しなかった?」

「あ、いや、思い出しました。わたしの判断ではどうしてよいかわからず、所轄に指示を仰いだのではなかったかと思います」

「仰いだのか、仰がなかったのか?」

「仰ぎました」

「無線か？　有線？」

「ええと、どちらであったかは覚えておりませんが」

「指示を仰いだ相手は？」

「ええと。地域課の班長か係長だったかと思います」

藤川は書類の下から、厚いホルダーをふた束取り出した。

「当日の派出所の署活系無線の記録、大通署の有線電話着信の記録を調べた。午後一時十五分ごろから三十五分まで、それにあたるような記録は見つからなかった。地域課班長係長にも確認している。そういう電話は受けていないそうだ。きみが指示を仰いだのが確かだとしたら、誰に連絡したのだろう？」

野々村は表情を強張らせて黙り込んだ。

「思い出してくれ」と藤川が返答をうながした。

野々村はまばたきしてから言った。

「すいません。混乱してきました。いつのことか、わからなくなっています」

「できるだけ早く思い出してくれないか。この件、報告を忘れていたのだとしたら、重大な勤務規則違反にあたるはずだ。身柄を本部の警務に預けることになる。そうするよう、本部長に助言する」

野々村は、身じろぎもしないまま、視線をテーブルの表面に落とした。

遺体発見現場は、札幌市東区の環状北大橋のさらに北側だった。

佐伯と新宮は、札幌を貫く豊平川の左岸、豊平川緑地公園の駐車場に捜査車両を入れた。

警察車が一台、その駐車場に停まっている。

佐伯は車の中のふたりの地域課警察官に警察手帳を見せた。

年配のほうの警官が言った。

「大通署が何か?」

佐伯は言った。

「うちの事件の重要証人なんだ。現場、かまわないな?」

「もう鑑識も終わっています。念のため保全してますが、このままとくに何もなければ、夕方にはテープも撤去することになっています」

「ちょっと見るだけだ」

佐伯は新宮を従えて芝生の公園部分を抜け、川岸へと向かった。葦原のあいだに、踏み分け道ができて、まっすぐ水辺へと延びている。道の途中に黄色いテープが張られていた。

佐伯はそのテープをまたいで、水辺まで歩いた。駐車場からその遺体発見の現場まで、三十メートルほどの距離だろう。

左手に、札樽自動車道の豊水大橋が伸びている。右手方向には、環状北大橋だ。そのほぼ中間にあたるこの場所は、車の目も届かない。ましてや夜であれば、よっぽどのことがない限り、ひとの目は完全になくなるだろう。

水辺の泥が、多くの足跡で乱れていた。足跡は左手に伸びている。その先五メートルほどのところで、足跡は終わっていた。そこに中野亜矢の遺体があったようだ。

佐伯はその場所まで歩いて、一帯を見渡した。なるほどここであれば、水死体が流れてきて、岸に漂着したと見える。しかし川の水流はさほど勢いのあるものではなかった。漂着ではなく、ここに遺棄されたのだと見えないこともない。あるいは、死体を川に流そうとしたが、うまく流れていってくれなかったか。

佐伯はあたりの様子をていねいに観察してから、新宮を見た。

新宮は、厳しい表情だ。中野亜矢の死に強く責任を感じているようだ。

佐伯の視線に気づくと、新宮は首をかしげて言った。

「まさか、せっかくの足跡、鑑識は踏みつぶしてしまっていないでしょうね」

「遺体が川岸ってわかっているんだ。最初から注意をしたはずだ」

「じゃあ、逆に犯人は足跡を気にしていなかったんでしょうか」

「流した場所はここじゃなかったのかもしれない」

「流域の駐車場のある公園を全部、調べる必要がありそうですね」

「東署はそれも考えているだろう」

葦原を出て、駐車場に戻った。東署の警察車が停まったままだ。助手席の警官が、何か見つけたかとでも問うように佐伯たちに顔を向けてきた。

佐伯はその警官に笑みを返して、新宮に言った。

「おれたちは、中野亜矢って子を保護してやれなかった。責任がある。おれたちがおれたちの手で落とし前をつける必要があるよな。この殺害犯を挙げようって意志は、おれたちは道警のほかのどの警官よりも強いよな」

「ええ。この事件は、おれたちは、おれたちが解決すべきものです」

「もうひとつ。おれたちは、骨の髄まで刑事だよな。ただの地方公務員とはちがうよな」

「おれたちは、刑事です」

「目の前にやるべき事件があり、しかもおれたちが解決できることだ。こいつを組織に引き渡すなんて真似はやるべきじゃないよな」

「そのとおりです」

佐伯は新宮を見つめた。新宮は、いつになく真摯な顔で、佐伯の視線を受けとめている。中野亜矢の死の衝撃と動揺からは、なんとか立ち直ったようだ。そればかりか、目には強い光がある。たぶん佐伯も警察学校を出たてのころは持っていたはずの、ピュアな警察官の目の光だ。

佐伯はうなずき、乗ってきた捜査車両のほうへと歩き出した。

「おれたちで片づけよう。明日には捜査本部ができるかもしれない。きょうのうちにやる。犯人を挙げる」

新宮は横に並んで言った。

「手錠は、おれにかけさせてもらえませんか」

佐伯は、一瞬ためらってから言った。

「犯人は、お前のものだ」


会議室の中で、三人の男たちは黙り込んだままだ。もう五分以上も、誰も口をきいていない。

もちろん、津久井が何か言い出すべき場面ではなかった。その権限もないし、それができる立場でもない。

藤川は、壁のホワイトボードと、モバイルＰＣの画面とを交互に見つめている。ときおりＰＣに手を伸ばして画面をスクロールさせたり、別画面を開いたりするが、何か特別なことがひらめいたようではなかった。

種田は、テーブルの上で両手を組み、ほとんど表情を変えることもなく、押し黙ったままで藤川の指示を待っている。

さきほど、野々村大地巡査を警務に引き渡したのだった。まだ事情聴取があるので、道警本部ビルの中で待機させておけ、というのが指示であったが、その実は、軟禁して他との接触を禁じよということであった。携帯電話も預かりとなっているはずである。

彼が当日の事情を「思い出さない」以上、そこで何があったのか、藤川が調べるしかなかった。藤川は、当日の派出所勤務のほかのふたりの巡査、それに派出所長、地域課班長と係長、課長まで、記録を確認した。ところが、この中にはファイル対象者すらいないのだ。全員生活は堅実であり、ギャンブル癖や悪い飲酒癖があるわけでもなかった。素行不良や勤怠も見当たらない。むしろ表彰件数を考えるなら、道警の警察官の平均を上回っている「よい警官」たちであった。つまり野々村が暴力団と何らかのつながりを持っていたとしても、あくまでも個人レベルでの話ということになる。組織としての癒着に野々村も巻き込まれた、とは見えないのだ。

藤川が、とうとうため息をついた。

「何かがあるはずなんだ。共通の何かが。なのにそれが見えない」

種田が、ようやく言った。

「やはり調査の対象は、最初にリストアップした不祥事と、これに関(かか)わった警官たちでしょう。何かつながりがあるとしたら、あの連中です。見落とした警官はほかにいるにしても」

　藤川が言った。

「所轄も、階級も、任官時期も、みんなバラバラだ。少しずつ重なる者はいても、全員に共通するものは見当たらない。不可解だな」

「生活安全がらみ、というのが唯一の共通項ですね」

　藤川が、津久井に顔を向けて言った。

「道警で、こういう調査のツボを心得ている警官って誰だろう。警務にはいるんだろうか」

　津久井は、ひとりだけ思いつくことができた。

「本部ではなく」と、津久井は答えた。「大通署に、小島百合という婦人警官がおります。生安の総務ですが、彼女は一階受付の端末担当で、なかなかのスキルを持っているようです」

　それは去年の、婦人警官水村朝美(みずむらあさみ)殺害事件の解決のときにわかったことだった。津久井自身はその現場を見ていないけれど、彼女のＰＣスキルと調査・検索の能力のおかげで、あの事件は一晩で解決したのだとか。

「小島百合」と藤川がその名を繰り返した。「きみの百条委員会出席をめぐるどたばたのときに出てきた名前かな？」

「そうです。正確には、わたしに水村朝美巡査殺しの嫌疑がかけられたとき、この解決にあたった警察官として出てきた名前です」

「大通署？」

「はい。一階にいます」

「呼ぼう。監察するという名目で、ここに」

そう言いながら、藤川は会議室の隅の電話に近寄っていった。


佐伯の胸の携帯電話に着信音があった。

東区雁来の豊平川緑地公園から市街地に向かう途中である。

表示を見ると、すすきのタウンガイドの鮎川からだった。

新宮が運転席からちらりと佐伯に目を向けた。

佐伯は、そのまま、という意味でうなずき、電話に出た。

鮎川は言った。

「入りましたよ。さっき、十一時二十分」

　佐伯は確認した。

「映像は鮮明か」

「三十万画素ですから、そこそこですが。でも役には立つでしょう」

「いま事務所か」

「ええ。例のホルダーだけなくなっています」

「そっちに行く」

　携帯電話を切って、新宮に顔を向けた。

「薄野にやってくれ。南五西八。八丁目通り沿いだ」

「はい」

　そこに新宮の携帯電話が鳴った。

　新宮はすぐ車を減速して、左側端に寄せた。警察官が公務中、携帯電話をかけながら運転を続けるわけにはゆかないのだ。

　車を停めた新宮が、携帯電話を取り出してモニターに目を落とした。佐伯が見つめると、新宮の眉間に皺が寄った。事件か？

　新宮が言った。

「小島巡査が、監察で引っ張られたそうです。例の監察官の出頭指示」

佐伯は思わず悪態をついていた。

「くそキャリアが」

「いよいよ次はおれたちですね」

「自殺したあの石岡警視長は、こんどのキャリアのマブダチだったのかな。こいつはあのときの報復か」

「考え過ぎかもしれません」

新宮はさらに携帯電話を操作していたが、やがて小さく声を上げた。

「あ」

佐伯は怪訝に思って、新宮の顔を見つめた。新宮の顔色が、モニターを見つめたまま変わっていった。

「どうした?」

新宮は無言のまま、モニターを示してきた。

見覚えのある画像が、モニターに映っている。動いていた。

中野亜矢が撮った動画なのか? 栗林というサラリーマンが死んだときの。

動画が終わったところで、新宮が言った。

「これ、昨夜別れたあとに、送ってくれたらしいです」

「携帯って、動画も送れるのか」

「何言ってるんですか」

佐伯は咳払いしてから、訊いた。

「それに証拠能力はあるのか？」

「中野亜矢の携帯からの発信ってことはわかりますよ」

「なんでまた、いままで気がつかなかったんだ？」

「日中、私物の携帯は切っていることが多いんです。動画着信の表示があっても、ついアダルトものかと思ってしまって」

「動画なら、そうなんだろうな」

「この動画、どう使います？　これで、逮捕状、請求できますか」

「それだけでは無理だ。落としたのが誰か特定できない。あれが事故じゃなかったことを証明してくれるだけだ」

新宮が硬い顔でうなずき、車を再発進させた。


制服姿の小島百合巡査が、その会議室に現れた。

小島百合は、硬い顔だった。警戒的にも見えるし、ことと次第によっては闘うという意志を抱いているようにも見えた。

津久井は思った。自分も昨日この部屋に呼ばれたときは、最初そのような表情だったのだろう。

小島百合は津久井の顔を見て驚きを見せた。

藤川が言った。

「心配しないでくれ。去年の一件の監察なんかじゃない。もしそれを心配したのなら」

小島百合は藤川に正面から向き直って敬礼した。

「大通署生活安全課総務第二係、小島百合巡査です」

「警察庁監察官室の藤川だ。協力してもらいたくて呼んだ」

小島百合の顔にはまだ警戒の色がある。藤川の言葉をどう解釈してよいのか、とまどっているようだった。

藤川が、敵意の感じられない口調で続けた。

「本部の情報を細かく掘り起こして、ある事実を発見したいんだが、パソコンを扱ってくれないか」

「どういう件なんでしょう?」

「不祥事。郡司警部事件ほど派手ではないけれど、もしかするともっと根深くて、たちの悪い不祥事かもしれないんだ」

「わたしは、パソコンで本部のデータベースに潜るということなんですね？」

「そう。協力してもらいたい」

「わたしでできることでしたら。ただ、どういうことなのか、もう少し詳しく説明していただけると、作業がしやすくなるかもしれません」

藤川は、わかったと言って、説明を始めた。

北海道警察本部生活安全セクションに、あるいは札幌方面本部の生活安全関連部署に、細かな不祥事が連続していると見えること。そのうちとくに警察庁が関心を持つのは、タイ人の少女娼婦が道警に保護を求めたにもかかわらず、暴力団に連れ戻された件。そしてぼったくりバーで客が殺害された蓋然性の高い事件で、札幌大通署がこれを事故扱いした件。このふたつだ。前者はタイ政府の発表により国際的人権保護団体が問題視するところとなった。日本では人身売買が警察の黙認のうえで事実上合法的におこなわれている、ということである。後者は、日本の暴力団と警察とが癒着している例のひとつとして、外国メディアが取り上げた。

この二件が国際的に反響を呼んでいることを受けて、警察庁は北海道警察本部への監察を決めたのだった。ただし、これはきわめて異例の監察である。通常は所轄の警察官まで事情聴取するような監察とはならない。案件の特殊性に鑑みての、緊急特別監察である。

藤川たちは、昨日一日の道警本部関係者からの聴取、関係者のファイル等の精査でも、暴力団との組織的な癒着の証拠を見いだすことはできなかった。むしろ郡司事件を契機に、道警の機構と人事は、癒着の余地もないまでに徹底的にクリーンアップされている。そのことは認めねばならなかった。

しかし片一方で、生活関連の部署では細かな不祥事の発生がいくつも見つかった。関係者もそれぞれ違えば、所轄署もちがうし、組織の腐敗、あるいは組織的な癒着と見ることは難しい。範囲は道警の札幌方面全管区に及ぶのだ。たまたま偶然が重なったのだと見なすことも可能だろう。

ただ、監察官の藤川としては、引っかかるのだ。偶然であるはずはない、と感じてしまうのだ。それで、きょうは藤川が現場に足を運ぶこともしたし、現場警察官も聴取したのだった……。

説明を終えて、藤川が小島百合を見つめた。

「こういうことなんだ。あなたは有能だと聞いている。どうです? やれそうですか」

小島百合は、そこまでのやりとりでやっと完全に警戒を解いたようだ。面白いことができそうだとさえ感じたのかもしれない。

小島百合は、藤川に微笑を向けて言った。

「できるかぎりのことを、やらせていただきます」

藤川が安堵(あんど)したように訊(き)いた。

「何か必要なものはありますか？」

小島百合は答えた。

「道警本部の全部のデータにアクセス権のある端末と、必要なパスワード全部」

「用意させよう」


すすきのタウンガイドの事務所に到着したのは、七分後だ。散らかった事務所で、鮎川が愉快そうに佐伯たちを迎えた。

「見せてくれ」と、佐伯はあいさつ抜きでPCに近づいた。

「待ってください」鮎川がマウスを操作した。すぐにモニターには、広角レンズで映された事務所内部の様子が現れた。

そこに、すっとひとの姿。スーツを着た男だ。年齢は三十代だろう。短い髪だ。肩幅が広く猪首（いくび）の、格闘技系の身体（からだ）だった。男がモニターに大映しになって、それが萌えっ子クラブのあの黒服だと確認できた。

男は、自分の姿が撮影されているとは、想像もしていないようだ。男は、カメラのすぐ前、デスクの周囲にある書類や文具類を動かして、何やら探している。男は、黒い手袋をはめていた。その男のうしろに、ちらりともうひとつのひとの姿が映った。侵入したのは二人組だ。

やがて男は、お目当てのものを発見したようだ。画面を何か白っぽいものが横切った。書類ホルダーと見えた。そのまま男の姿も消えてしまった。

佐伯は、昨夜鮎川が新しいホルダーを収めた棚を見た。一カ所隙間ができている。『極秘・栗林転落事故関係』のホルダーがなくなっている。

鮎川が言った。

「見事に釣れましたね。この連中に教えてやったんですか?」

佐伯は鮎川の問いには答えずに言った。

「もう一回見せてくれ」

鮎川が、その部分の動画をリピートさせた。

見終わってから、佐伯は新宮に訊いた。

「見覚えあるな?」

新宮はうなずいてから言った。

「これって、何の映像なんです?」

「あぶりだしだ。昨夜、細工したんだ」

「この監視カメラを?」

「そう。今朝、昨日の事件の報告のとき、この事務所に栗林事件の証拠が持ち込まれていると報告してやった。口にしたのは、そのときだけだ。つまり、この一件は、警察の内部情報でしかなかったんだ」

新宮がふしぎそうに言った。

「じゃあ、その情報が外に流れて、この男たちがこの事務所に侵入したんですか」

「栗林事件、あれを事件にしたくないやつが大通署の中にいるんだ」

「耳にした刑事は限られるでしょう。まさか補佐が？」

「刑事部屋の中で報告したことだ。たいがいの刑事が耳にした。補佐がミーティングで口にしたかもしれない。よその部署の刑事の耳にも伝わったはずだ」

鮎川がもう一度その映像を画面に呼び出した。

新宮が言った。

「ひとりは、萌えっ子クラブのあの黒服ですよね。もう一度本人に会ってみないと、断定できないけど」

「昨夜、おれたちを尾けていたのも、たぶんこの男だ」

「ってことは？」

「中野亜矢殺しと、関係がある。はめているのは、黒い革手袋だ」

「ずいぶん遠慮した言い方ですが」

「ほんとは、もう確信できてる」

鮎川が笑って言った。

「情報筒抜け。警察の誰かさんとこいつらは、ブロードバンドでつながってるんだ」

佐伯は、苦々しい想いで言った。

「いやなことが、確認できちまったな」

新宮が鮎川に言った。

「この画像、プリントアウトしてもらえますか」

「いいすよ」

鮎川はＰＣに向き直った。

もう一時間以上、小島百合は、ＮＥＣのデスクトップＰＣに向かい合っている。警務部の部屋から運ばれた、特別の端末だった。道警本部がデジタル化しているほぼすべてのデータにアクセスできる。立ち上げるにもまず特別のキーが必要という、ものものしい端末だった。

津久井は藤川と共に、小島百合のうしろに立って、彼女の作業を見守っていた。

ときおり小島百合は声を上げてデータなりテキストなりを読み上げる。種田がこれを、昨日から作られたエクセルの表に追加入力してゆく。

種田のモバイルPCはいま、OHPと接続されている。モニター画面は、そのまま壁際のホワイトボードに投影されていた。藤川はときおり、その映像を見て、小島百合に質問したり、あらたな検索のキーワードを伝えている。

小島百合の横には、スターバックスの保温マグが置かれている。マグの中はカフェ・ラテだ。彼女のコーヒーの趣味は、藤川と同じだったのだ。

小島百合のPC操作が鈍くなった。キーボードやマウスに触れる回数がめっきり少なくなったのだ。津久井は小島百合の横顔を見つめた。道警本部の婦人警官の中ではトップテンに入る剣道有段者。たしかに小島百合の横顔には、剣道有段者と言われて納得できる雰囲気があった。およそ媚びや甘えの感じられない、硬質の横顔だった。

ふうっとため息をついて、小島百合が画面から視線をはずし、マグに手を伸ばした。

藤川が訊いた。

「ここまでか?」

小島百合が、コーヒーを一口すすってから言った。

「いま調べられるのは、ここまでです」

藤川が視線をホワイトボードに向けた。

津久井も、拡大投影されたエクセルの表を眺めた。

表には、二十四人の道警本部警察官の名が列記され、配属歴が細かに記されている。配属時の直属上司、さらにその上の上司までの名も、表の中に記されていた。さらに、不祥事の概要と、その発覚の時期、処分があればその時期と内容、その際の責任者の名も入力されている。

津久井は表を見つめた。

ここまで、関係者全員に共通するキーワードは発見できていなかった。小島百合の検索スキルを以てしても、見つからないのだ。こうなると、この数年続いた生活安全関連部署での不祥事は、個別的なものが偶然に集中発生したということになる。お互い何の関連もなく、連絡を取り合ったわけでもないのに、似たような不祥事がたまたま起こってしまったということになるのだ。

藤川が表を見つめて、いくらか疲労の感じられる声で言った。

「このうち七人は、大通署の生活安全課に配属されていた時期が重なっている。一年未満から三年ぐらいまで幅はあるが、とにかく同じ部署にいたことがある。また別の八人は、まるでちがう時期に大通署生活安全課で一緒だ。両方の時期にまたがっている者は三人。不祥事を起こした警官の上司を見てゆくと、配属の時期が重なっている者はふたりだけ。平の警官にはファイル対象者はおらず、係長クラスで、競馬ののめりこみがふたりいるだけだ。ただし古い話で、もう悪癖からは立ち直っていると考えていいんだろう。結論を言えば」

藤川がいったん言葉を切った。

津久井は藤川を見つめた。小島百合も、コーヒーを飲む手を止めて、藤川を見た。

藤川が言った。

「道警本部の生活安全部門に、組織的腐敗の証拠はない、ということになる」

「あの」と、小島百合がマグをテーブルに置いて言った。「ここに挙げられている警官全部に共通するわけではありませんが、大通署地域課の野々村大地巡査と、生活安全課の鹿島浩三警部補には、共通するところがあります」

藤川はふしぎそうにホワイトボードを見つめた。津久井もホワイトボード上に目をこらした。

藤川はもう一度小島百合を見つめた。

「わからん。なんだ?」

小島百合は言った。

「エクセルには書かれていません。でも、野々村大地巡査は、野球チーム札幌ジャイアンツのレギュラー選手です。鹿島浩三警部補も、若いときは札幌ジャイアンツのメンバーだったはずです。白石警察署時代」

藤川がまばたきして訊いた。

「札幌ジャイアンツって、何だ?」

津久井は小島百合の代わりに答えた。

「野球の同好会チームです。札幌方面所轄署の横断チームで、けっこう歴史がありますよ」

「ふたりは、そのチームのメンバーだって?」

小島百合は自分の端末を操作して、道警本部総務部のファイルを呼び出した。

津久井は藤川と並んで、小島百合の扱う端末のモニターを見つめた。

すぐに札幌ジャイアンツのメンバーの一覧が現れた。

「年度初めに、トーナメントに参加するためのチーム登録があります。これが今年度のメンバー全員の姓名、階級、所属ですね」

四十人ほどの名前が並んでいる。津久井の知っている名前が最初に出ていた。警察学校長の山岸数馬だ。顧問である。

野々村大地の名前があった。

種田が横から言った。

「鹿島浩三警部補のファイルにありましたが、八八年の台湾旅行は親善野球という名目でした」

「そいつは、白石署のときじゃなく、根室署配属のときじゃなかったか」

「はい、そうでした」

「その親善野球チームは、札幌ジャイアンツなのか？」

　小島百合が答えた。

「いま訪台団のメンバーを出します」

　画面に、台湾親善野球派遣団、というリストが現れた。トップタイトルの下に、道警札幌ジャイアンツを中心とする特別派遣団、とサブタイトルがついている。

　鹿島浩三の名がその中にあった。コーチという肩書で台湾に旅行している。

　藤川が、画面を下に眺めていって、あっと小さく声を出した。

　津久井が見つめると、藤川は横のホワイトボードに目をやり、PCのモニターと見較(みくら)べて言った。

「風俗店営業許可の書類不備の件、大通署、寺田孝雄(てらだたかお)巡査部長、メンバーだ」

　種田が言った。

「業者同行韓国旅行、豊平署、このときの監督責任者、菊池均(きくちひとし)警部、訪問副団長です」

　津久井も気がついて言った。

「風俗店店長に留置場内で便宜、大通署、菅原昭夫(すがわらあきお)巡査。選手です」

　藤川は呆(あき)れたように首を振って言った。

「おいおい、これが偶然だって？」

小島百合は、また新しい画面を呼び出した。

「総務部に、こういうファイルがあります。四年前の、大会参加チームの登録選手一覧」

藤川がモニターを見つめて言った。

「毛利(もうり)正彦(まさひこ)巡査、大通署。背番号6。情報ファイル流出で訓告だ」

津久井はべつのひとりの名を指さした。

「ストーカー被害訴え無視、処分はされていませんが、応対担当者は南署のこいつ、石崎(いしざき)純一(じゅんいち)巡査です」

藤川は、画面をスクロールしてから、小島百合に言った。

「前後の名簿も順に出してくれ」

「はい」

藤川は津久井に身体(からだ)を向けて、しきりにうなずいた。

「もう偶然じゃない。一連の不祥事を起こした警官は、ほとんど札幌ジャイアンツのメンバーだ」

「どうやらそれが共通項のようですね」

「こいつがどういう性格の野球チームなのか、知っている範囲で教えてくれ」

詳しいわけではなかったが、津久井は知っている限りのことを藤川に教えた。

なんでも札幌ジャイアンツの創設は、昭和二十三年か四年のころだったという。当時進駐軍と日本の警察は、米軍がらみの犯罪の捜査や取り締まりに関して、対立することが多かった。現場の警官と米軍のMPとが、米兵の交通事故の処理をめぐって一触即発の事態になったこともあるという。これを憂慮した双方の幹部たちが、親善野球をすることで、少しでも互いの理解と融和をはかろうと考えた。そのとき、当時の札幌市警察署の野球の腕自慢を集めて結成されたのが、札幌ジャイアンツというチームだった。

札幌ジャイアンツと、米軍憲兵隊選抜のスターズ・アンド・ストライプスは、真夏の円山球場で親善試合をおこなった。観覧席は五千人の観客で埋まり、試合は大いに盛り上がった。この親善試合は、恒例化してその後も続いた。

進駐軍が撤退し、北海道警察本部が設置された後、本部内にはほかにもいくつかチームができて、交流試合をするようになった。やがてその交流試合は道警本部の部内行事となり、さらに後援事業となって、本部長杯を争うトーナメントとして定着したのだった。それが今日まで続いている。

チームは、札幌ジャイアンツのように所轄横断的に作られている場合もあるし、所轄署で結成されたチームもある。機動隊もひとチーム作って毎年参加している。

札幌ジャイアンツは、発足の経緯が上記のようなことであったから、伝統と格式を重んじているという。希望すれば入れるというチームではなかった。野球の腕がよかったり、甲子園出場経験があるだけでも駄目だという。というより、そもそもメンバーになるには、チームから声がかかるのを待つしかないらしい。公表されていることではないが、メンバーになる資格は、野球への情熱と、警察官としての資質が、両方厳しく審査されるらしい。

藤川が訊いた。

「職種の条件とか、年齢の制限はあるのか?」

「そこまではわかりません。職種の条件はないでしょう。年齢も、プレイができる年齢ってことでしょう。けっこう強いチームですから」

「ということは、メンバーが固定されていない団体ということになるな」

「レギュラーでなくなっても、OB会があるようです」津久井は小島百合に顔を向けて訊いた。「無双会って言ったっけ」

小島百合がうなずいた。

「そうです。国士無双の無双会。札幌ジャイアンツOBだけで作られた親睦会です。道警を退職しても、そのまま賛助会員だか会友とかで残れるのだとか」

藤川が小島百合に訊いた。

「その親睦会の活動は?」

「親睦第一なんだと思いますが、ノンキャリの退職警官の再就職先のあっせんなどもやっているようです。歴史ある団体ですから、OBは北海道じゅうにいて、それなりの力を持っていると聞いています」

津久井はつけ加えた。

「共済会のような事業をしていた時期もあったようです。いまでも、続いているのかもしれません」

「大組織なんだな」

「やや敷居の高い団体です。ノンキャリの警官たちは、多少羨んでいるところがありますね。メンバーにはいろいろ面倒見がよいらしいですから」

小島百合が言った。

「十年前の、選手登録ですが」

藤川はモニターをのぞきこむと、ひとりの名前を指さして言った。

「綿引って名前、記憶にあるが」

種田が、ホワイトボードに投射した画面を下にスクロールさせて言った。

「銃砲所持許可で書類不備。白石署の生安。綿引更三巡査部長です」

藤川は画面を下まで見てから小島百合に指示した。

「さらに五年前は?」

小島百合が、さらにさかのぼって札幌ジャイアンツの登録リストを呼び出した。

藤川はまた画面を示して言った。

しれないが」

「滝谷泰治。こいつもどこかで出てきたような気がする。直接の担当者じゃなかったかも

種田が言った。

「ストリップ劇場の不服申し立てのとき、この件の責任者です。大通署生活安全第一課の課長。去年定年退職しています」

種田が小島百合に訊いた。

「小島さん、札幌ジャイアンツの名簿、九一年以前はないんですか？」

小島百合は種田に顔を向けて答えた。

「データ化されていないようです。でも、総務部厚生課のファイルには、登録した野球チームの書類が残されているはずです」

「持ってこさせよう」と藤川が言った。「無双会のデータはあるのだろうか」

小島百合は首を振った。

「無双会のほうは、ただの親睦団体です。道警のデータベースにはないはずです」

「無双会の活動記録を調べる必要があるな。関係者を呼ぶか」

「うかがってもかまいませんか」

「なんだ？」

「不祥事に関わった警官たちに札幌ジャイアンツという共通点があるとして、腐敗とか癒

着の証拠はあるのでしょうか。具体的におカネが動いているとか」

「ない」と藤川は答えた。「関係者のファイルを調べた。収賄している形跡も見当たらない。収入不相応のぜいたくをしている者もいないし、ギャンブルに溺れている者もいない」

「ということは、関係者は何の見返りもなしに、暴力団に便宜をはかっていることになる」

「そんなはずはないんだ。もし無償の便宜供与だとしたら、いっそう始末が悪い。ふたつは癒着しているんじゃない。一体だということだからな」

「あの」種田が、いくらか遠慮がちに割って言った。「カネは、個人に渡っているのではなく、その無双会なり札幌ジャイアンツに渡っているということはありませんか？　関係者は例外なしに、ノンキャリ。課長クラスでも、準キャリはいないようでした。キャリアにとっては端金、ほんの小遣い銭程度のものが、広く渡るようになっているのかもしれない」

　津久井も思いついて言った。

「野球チームが癒着の母体なら、関係者が不祥事を起こす理由は必ずしもカネである必要はありません。先輩の指示だから、ということだけで立派に不正を働く動機になる。ましてや無双会が、再就職のあっせんまでやっているというなら、現場の警官が不祥事をやるのは、退職後に備えた投資なのかもしれません」

藤川が、無邪気に訊いた。

「それほどに大事な問題なのか？」

津久井は答えなかった。答えようがない。

そんなに大事な問題なのか、と問わねばならぬことだろうか。警察官にとって、それは職業人生のなかばを過ぎたあたりから、昼も夜も頭を離れぬ大問題となる。警察と関係の深い自動車学校や交通安全協会の役員は幹部の指定席であり、たぶんウェイティング・リストさえできているはずだ。大部分の警察官は、退職後は自力で再就職先を探し、現場労働者として働いて年金給付年齢がくるのを待つ。しかし、いちばんの大口再就職先と考えられている民間警備会社だって、現場要員として年配者は敬遠する。若い自衛隊退職者を優先採用するのだ。採用されても、賃金はおそろしく低い。また、警察の委託業務を引き受けている施設系、設備系の企業も、はたして一年に何人の再就職を受け入れているか。

つまり大部分の退職警官は、何の専門性も生かすことのできぬ民間企業に再就職し、慣れぬ仕事で苦労して、たちまちのうちに老けてゆくのだ。天下り先に困ることのないキャリア官僚であれば、想像もつかない第二の人生かもしれないが。

藤川の部下である種田も、沈黙したままだ。藤川の言葉を引き取ろうとしない。彼も警察庁のノンキャリア職員だ。あまり気持ちよく反応できる質問ではなかったろう。

小島百合巡査も、黙したまま視線をまた端末のモニターに向けた。

「失礼」と藤川は、咳をしてから言った。「ついそのことを忘れてしまう」

小島百合が、藤川の質問など最初からなかったかのように言った。

「無双会は、たしか警察学校のグラウンドを借りて、野球OBたちの親善試合をやったことがあったはずです」

小島百合が津久井に目を向けた。津久井はうなずいた。

「三年前か四年前に、無双会主催でやったな」

小島百合は言った。

「本部の施設を借りたのですから、無双会は申請書に会の基本要項を添付しているはずです。代表や連絡先がわかります」

津久井も思い出した。

「あのときは、本部長賞が出た。大きなトロフィだ」

小島百合が言った。

「賞品代を秘書室から振り込んで、無双会にトロフィを選んでもらったのでしょう」

種田が言った。

「本部は、無双会の銀行口座を把握していることになります」

藤川の顔が輝いてきた。真相に迫りうる、という確信を得たようだ。

藤川は、さきほどまでの難しい声の調子を捨てて言った。

「もし無双会が、公費の支出に関して処理が遅れていたような場合、銀行口座まで開陳させられるぞ」

津久井は言った。

「三年か四年前なら、本部長賞は裏金から出ている可能性があります」

「なおさら、監察しやすい。裏金の消えた先を調べるという名目もできる」

種田が言った。

「監察官、いかがでしょうか。目鼻はついてきました。もう午後一時半です。そろそろ小休止としてもよいかと」

藤川は腕時計に目をやってから言った。

「出前を取ろう。何が取れるだろう」

小島百合が言った。

「グランド・ホテルのお弁当」

藤川は続けた。

「四つ。午後も、きつくなる」

津久井は、昼食を注文するため、部屋の隅の館内電話に向かった。

7

萌えっ子クラブ店長の今泉は、厚手のスウェットの上下で廊下に出てきた。目が腫れぼったい。目覚めたばかりということはないはずだが。

今泉のこの住所については、薄野特別捜査隊の河野に問い合わせたのだった。あの事故のときに調べてあると、河野はすぐに教えてくれたのだった。

今泉は、廊下の左右を見渡してから言った。

「ここでは人目もあります。あっちのほうで」

廊下の突き当たりを指さした。スチールのドアがあるが、その外には非常階段があるのだろう。

佐伯は今泉を先に歩かせて、非常階段の踊り場に出た。今泉が、失敗したという表情を浮かべた。ここは、ぼったくりバーならずとも、脅しに格好の場所なのだ。

佐伯は新宮と並んで、今泉に向かい合った。

「お前さんが昨夜どこにいたか聞きたい」と、佐伯はいつもよりも低い声で言った。「ひとひとり死んでる。ぐちゃぐちゃ時間稼ぎするなよ」

今泉は、驚いた顔となった。

「誰が？」

演技なのか、ほんとうに驚いたのか、判別できなかった。

「あのときの事件の目撃証人だ。お前の店にいたホステスだよ。昨夜はどこにいた？」

「お店ですよ。いらしたじゃないですか」

「深夜十二時から三時のあいだは？」

「店を閉めたのが三時です。それから売り上げ計算して、日払いの女の子たちにカネを払って、うちに戻ったのが四時過ぎ」

新宮が横でメモしている。佐伯は質問を続けた。

「店の黒服、柔道でもやっていそうな男がいたな。あいつの名前と連絡先、ねぐらは？」

「若森ですか。若森秀雄。住所は知りません」

「ひとり死んでるんだ」と、佐伯は穏やかな調子で言った。「引っ張って聞いてもいいんだ。どうする」

今泉は口をすぼめ、目を落ち着きなく左右に動かした。葛藤しているようだ。

「しかたない」佐伯は新宮に顔を向けた。「任意で、きてもらうか」

「待ってください」今泉は懇願する口調となった。「住所はこの近所です。電話も、携帯ならわかります」

今泉が自分の携帯電話を取り出した。新宮が、今泉の読み上げる数字を、慣れた指づかいで登録した。住所は、薄野に近い一角の集合住宅だと言う。

聞き終えると、佐伯は今泉に言った。

「一日二日のうちに、お前さんを呼ぶことになる。おれなら弁護士と早めに相談するぞ。暮れの一件、過失致死であることを認めて、自分は従犯、という線であらいざらい供述だ」

今泉は、途方に暮れたような顔となった。もうしらを切ることは不可能と理解したのだろう。大通署の誰かに助けを求めることも、もう無理だ。

今泉は、深いため息をついてから言った。

「おれは、名ばかりの店長なんです。オーナーはべつにいる」

「わかってるさ。金子組だな」

「ええ」

「若森も？」

「若森が、おれを監視していたんです」

「金子組と若森のやったことを、全部吐けばいい」

今泉は、小さく首を横に振ったと見えた。それだけはできないとでも言ったのかもしれない。

佐伯は新宮をうながして、非常階段の踊り場から廊下に戻った。

道警本部の三人の職員が、書類ホルダーを段ボール箱に詰めて運んできた。おおよそ十五年分である。

札幌ジャイアンツと、そのOB会である無双会関連の記録だった。

どちらも警察官個人が私的に作る団体だ。道警本部に、このふたつの団体についての詳細な記録があるわけではなかった。しかし、施設の貸与や活動費の補助をおこなう場合に、最低限のレポートは提出させている。その都度のメンバーとか、役員の構成、その所属、連絡先などが、年度ごとにまとめられていた。小島百合が見抜いたとおり、総務部厚生課には、補助金支出先として札幌ジャイアンツと無双会が登録されており、その銀行口座も把握されていた。

本部職員たちが会議室から退出したあと、藤川たちはその書類と記録を大テーブルの上に広げた。手早く書類を見ていった種田が、黄色いポストイットを要所要所に貼っていった。

藤川が言った。

「ジャイアンツのメンバーと無双会のメンバー、不祥事のほうのリストにまだ出てこないか、見てゆこう」

津久井は言った。

「ここまできたら、ひとに直接当たるというのはどうでしょうか。大通署生安の鹿島が無双会のメンバーであることははっきりしました。もう、関係者の口から事情を聞いたほうがてっとり早く思えるんですが」

藤川は微笑した。

「尋問の前に書類を徹底精査、というのが、監察官室のやりかたなんだけどね。でも、鹿島を呼ぶ時期かな」

小島百合が言った。

「早めに銀行口座を押さえるべきではないでしょうか。無双会を調べていると、向こうに知られる前に」

藤川が言った。

「押さえると言っても、まだ裁判所から令状をもらえる段階じゃない」

津久井は訊いた。

「無双会の連絡先はどこでしたっけ？」

種田がホルダーのひとつを開いて言った。

「現在の事務局長が、警察学校長の山岸数馬。おそらく口座の管理は、この校長がやっているのでしょう」

「呼ぼう」藤川は、部屋の隅の館内電話に近寄った。「その山岸校長には、無双会の口座の通帳も持参させる」

津久井は思った。もうかなり容疑は固まってきている。鹿島も山岸も、もう警務部の職員に迎えにゆかせたほうがよいのではないか。監察官の指示だけで、ふたりともあっさり出頭してくるだろうか。

しかし津久井は、その想いを口にはしなかった。藤川だって、今回が初めての監察というわけではないはずだ。場数を踏んだ、監察の専門家であるはずだ。警務に同行させてはという提案など余計なことだろう。

藤川は館内電話の受話器を持ち上げ、交換室の番号を押してから、相手に言った。

「監察官の藤川だ。大通署生安の鹿島警部補につないでくれ。その次に、警察学校の山岸校長」

鹿島は、大通署の中にいたのだろう。すぐに藤川とつながった。

藤川は鹿島に言った。

「あらためて協力してもらう。本部にきてくれないか」

鹿島が何か質問したようだ。

藤川が答えた。

「ちがいます。監察の一環ですよ。事情聴取です」

「いいえ。調書は取りません。記録されては困ることがありますか」

津久井が最初に藤川に訊いたのと同じことを、鹿島も藤川に確認したようだ。藤川は言った。

「リラックスして、ほんとのことだけお話しください」


若森という男の住居へ向かって、幌平橋を渡っている途中だ。佐伯はまた七年前のあのおとり捜査のことを思い出した。おとり捜査が土壇場で失敗した、その理由について、気がかりはまだ脳の深いところに沈殿していたのだった。

あれはつまり、道警の内部に、札幌の暴力団とつながっている人物がいたということではないだろうか。

あのおとり捜査は、警察庁がじきじきに指揮を執った一件だった。アジアのマフィアと連携を持つ人身売買組織を摘発すべく、娼婦の取り引きを装って、捜査員をその人身売買組織と接触させようとしたのだ。札幌の薄野に売春クラブを作ろうとしているという男たちとして、警察庁は道警本部と協力してふたりの警察官をおとりに抜擢した。札幌の暴力団に面が割れておらず、水商売をやっていることにしても不自然な印象のない警官として、佐伯と津久井が選ばれたのだ。所轄からの抜擢の名目は、警察学校で捜査専門技術を再訓練させる、というものではなかったろうか。つまり組織上は、研修生として道警本部出向、刑事部長の直接監督下に入る、というものだった。

佐伯も津久井も、あのときまで札幌方面の所轄署に配属された経験がなかった。佐伯だけは、道警本部の音楽隊に配属されたことがあり、薄野に多少の土地勘もあったが、地元の暴力団たちに顔と名前が知られている可能性は低かった。

警察庁直接指揮の捜査であったから、札幌方面本部はいっさい関わっていない。道警本部のごく一部の人間だけが、このおとり捜査の概要を知らされ、警察官選抜と架空の背景作りに関わった。道警の側の支援担当は当時の刑事部長である。警察庁から出向のキャリアだった。

この刑事部長の指揮のもとで、薄野に架空のスナックが作られた。廃業したスナックを居抜きで借り、ここに流行っていないという設定のピアノ・バーを開いたのだ。佐伯がオーナー、津久井が従業員という役割だった。

店を開いたときには、もう完全に佐伯たちは架空の人格を背負った、軟派な薄野の住人になっていた。名前こそ戸籍名そのままだったが、高校卒業以降の経歴はまったくの虚構だった。もし相手の組織が佐伯たちを疑って経歴を調べたとしても、少なくとも数日間の調べならば、どこにも不整合は出てこないはずだった。同じビルの隣近所の店にも架空の経歴であいさつし、不動産屋や酒屋などの業者とも、架空の銀行口座と架空の事業歴をもって取り引きを始めたのだった。

東京で相手組織と接触をする前の一ヵ月間、佐伯と津久井は、日中は機動隊にまじって逮捕術や格闘技の再訓練を受けつつ、夜は店に通ったのだった。店が閉じてからは近所のラーメン屋や朝まで営業しているスナックに寄って、景気が悪いのでそのうち思い切ったことをやる、と、管理売春への進出をほのめかした。その構想を語ること自体が、自分たちの無害さと愚かさを印象づけてくれたことだろう。佐伯が意識しているかぎり、薄野で自分たちの素性に気づいた者はなかったはずだ。

つまり、店の営業が始まってからは、自分たちは完全に野心ある薄野の住人になりきっていたはずだ。当然ながら自分の家族、友人、同僚、知人にも、そのおとり捜査のことは話していない。いや、札幌にいることさえ、自分は誰にも漏らさなかった。たぶん津久井も同じであるはずだ。

いや、と思い直した。津久井と一緒に、同じビルの一階にある居酒屋に入ったときだ。その店で、警察学校で津久井の同期だったという私服警官と出くわしたことがあった。すでにその店では、自分たちは同じビルのテナントで、スナックのオーナーと従業員であると触れ込みずみだった。

向こうも、その居酒屋の常連らしかった。その警官は親しげに声をかけてきた。お前、札幌勤務か、とか、札幌に異動か、と問われたのではなかったか。

津久井がとっさの機転で、警察には声をかけられたくないやましいことのある男を装った。こんなところで会いたくなかった、と津久井は言って、その男を店の外に連れ出した。もちろん佐伯も続いた。店の常連客たちが、怪訝そうな目で佐伯たちを見送ってきた。

店の外で、津久井はその警察学校同期だという警官に言った。おれのことは忘れてくれませんか。ちょっといま、秘密の任務についているんです。自分が警官だってことを、知られたくないんです。

相手の警官は、津久井と佐伯の顔を交互に見てから、顔になかば不審を残しつつも言ったのだった。わかった。忘れる。顔を見たこともないや。

津久井が礼を言って、そいつに訊いた。いまどこに？　やつの答は、たしか大通署生安だった。

つまり、刑事部長以外で佐伯と津久井の特殊任務について知っている者はもうひとりいたのだ。あの居酒屋の常連ということであれば、その後店を通じて、佐伯と津久井が「スナックのオーナーと従業員」と名乗っているという情報も得たことだろう。自分が知っている津久井の素性と、佐伯たちがばらまいた虚偽情報との食い違いを、たぶん強く意識したのではないか。

背景が十分に成立したと確信した後、佐伯と津久井は上京し、かなり迂回しつつもあの国際的な人身売買組織と接触した。信用させるため、佐伯たちは運転免許証さえ見せている。その組織のほうも、当然ながら佐伯と津久井の言う身元と経歴がほんとうかどうか、まずは関係のある組織なり、あるいはひとを送るなりして調べたはずだ。警察庁も、そうなることを見越して、あの手の込んだ工作を進めたのだ。工作が功を奏し、一回目の身元調べはパス。佐伯と津久井はアジトに呼ばれて、そこで取り引き条件を詰めることになった。

しかし、勘のいい男がいたのだ。その男は、こいつら警官だ、と気づいて、佐伯の頭に拳銃を突きつけた。

このときも津久井が、機転の演技で切り抜けた。とても警官とは思えぬ芝居を演じて、相手の疑念を晴らしたのだ。あらためて取り引きの日時、場所、条件が取り決められた。ところがひと晩置いた翌日、指定された取り引き場所に、連中は現れなかった。警視庁の特別チームが周囲を固め、捜査員が息を飲んで待っていたのに、取り引きは一方的にキャンセルされた。

昨日も津久井に話したが、佐伯たちの身元について疑いを持ったあの組織は、ひと晩でもう一度佐伯たちの素性を洗い直したのだ。これが、三日の時間をかけたというのなら、ばれるのも仕方がない。店の周囲で振りまいた架空の情報をたどっても、そこには何の実体もないのだ。こいつらの過去は存在しない、とわかってしまう。取り引きのキャンセルもいたしかたのないところだろう。

ところが、彼らはたったひと晩で、佐伯たちが警官であることを突き止めたのだ。少なくとも、そう考えるほうが、あの捜査が失敗に終わった理由として納得できる。

たぶん人身売買組織は、最初とは別ルートを使ったのだ。あるいは、調べを代行した札幌の暴力団に、ちがうルートからの調べを依頼したのだ。警官の可能性がある、という疑念もつけ加えて。

ひと晩で回答が出せたのだから、調査を代行したにちがいない札幌の暴力団も、べつの確実な情報源を当たったはずだ。一回目の調査の目的は「彼らは何者だ?」という問いの解決であったろう。

でも、二度目はちがう。名前も挙げての、「こいつらは警官ではないのか?」という疑惑の解決となる。問いがそのように立てられている以上、札幌で調査を代行する者も、この答をよく知るにちがいない情報源に当たる。

つまり……。

佐伯はジャケットの胸ポケットから、携帯電話を取り出した。取り出すとき、指が滑って、携帯電話が胸元に落ちた。ストラップが伸びきって、首にかすかな刺激を与えた。

新宮が運転席から、ふしぎそうな顔を向けてきた。

相手が出ると、佐伯は勢いこんだ口調で訊いた。

「佐伯だ。ひとつ思い出してくれ。七年前、おれやお前が薄野であの捜査の準備をしていたとき、お前の警察学校の同期だという警官と出くわしたことがあったな」

「ちょっと待ってください」と、津久井があわてた様子で言った。そばにひとがいるような口調と感じられた。

黙ったまま待っていると、津久井の声が聞こえてきた。一拍、気持ちを落ち着けたような声と聞こえた。

「七年前というと、あのスナックのときですね」

「そうだ。ビルの一階の居酒屋で、入ったらいきなり出くわした」

「覚えています。警察学校の同期で、熊谷(くまがや)って男です。当時、大通署の生安でしたね」

「そいつ、臭くないか？　あの当時、札幌の暴力団とつるんでいたってことはないか。いま思いついたんだが、おれたちの素性がばれたのは、そいつのせいだったんじゃないかって気がするんだ」

「何か根拠でも？」

「あいつ以外に、おれたちが薄野で何をやっていたか、知っている警官はいない」

「本部の刑事部長」

「そいつを除けば」

「あいつ、とくに悪い噂もない男ですよ。一本気な体育会系です。札翔高校出身の、甲子園経験者で」

津久井の声が途切れた。

「どうした?」と佐伯は訊いた。

津久井が口にした札翔高校というのは、北海道の高校野球名門校だ。甲子園出場実績では、同じ札幌の北海高校に次ぐだろう。戦後十度以上も甲子園に出場している。ただし、最高の成績は準決勝進出までなのだが。でも、それがどうかしたか?

津久井はまだ返事をしない。

佐伯は、不安になってなお呼びかけた。

「津久井。津久井。どうした?」

やっと津久井の声があった。

「佐伯さん、いま、昨日のホテル侵入受け持ってるんですか?」

「それがらみだ。去年暮れの薄野のサラリーマン転落事故、その目撃者が殺されたんだ」

「殺し?」

「ああ。昨日、被害者に会ってる。当時その店のホステスだった。一部始終を目撃していた。その女が、今朝絞殺体で見つかった」

また少しのあいだ、津久井が黙りこんだ。佐伯の言葉に驚き、これを吟味しているのだろう。

こちらから声をかけようとしたところで、津久井が言った。

「それ、転落事故に関わりがありますね」

「あたりまえだ。こんな偶然なんて、ありっこない。おれたちは行き掛かりでそいつの殺害犯を追ってる。おれが輪っぱをかける」

新宮が運転席で、声を出さずに何か言った。口の動きから、「手錠はわたしが」と言ったように見えた。

佐伯は続けた。

「お前の携帯に、いまその動画を送ってやる」

「佐伯さん、ちょっと時間ください。一回切っていいですか」

「どうしてだ？」

「佐伯さんはいま、とてもいい傍証をくれたんです」

「ボウショウ？」

「判断の補強材料です」

「どういう意味だ？」

「こっちの話です」

通話は切れて、ノイズだけとなった。しかたなく佐伯は携帯電話をポケットに戻した。

「どうしました」と新宮が訊いた。

「古い一件、解決するんじゃないかって気がしたんだ。七年前、大通署の生安だった熊谷っていう巡査。そいつが何か関わってくるのかもしれない」

「こんどの件に？　大通署に、暴力団とつるんでいる警官がいるってことですか」

「そうだ。大通署だけじゃなく、札幌方面の所轄って言ったほうがいいのかもしれんが」

「七年前の警官なら、とっくに異動しているでしょう」

そうかもしれない。あの熊谷という警官を、大通署では見ていない。もうべつの署に異動してしまったのだ。しかし、逆にこうも言える。同じ癒着は、いまなお連綿と続いている。何らかの見えないネットワークが、札幌方面本部の中にあるのだ。いや、それはもしかしたら道警の組織全体に細密な根を伸ばしているのかもしれないのだが。

新宮が、前方の交差点の表示を見て言った。

「若森の家、もうじきです」

津久井が携帯電話を畳んで振り返ると、藤川たちがみな津久井を注視していた。

藤川の目は、この件に関係のある電話だねと確認している。

津久井は大テーブルのほうへ戻りながら言った。

「知らないうちに、関連する事件が起こっていました。暮れの転落死の件の目撃者、殺されたそうです」

藤川が、口を半開きにした。

「目撃者が、殺された？」

「何か大きな裏があるということでしょう。口ふさぎです」

「甲子園がどうとか言っていたが」

「ええ。七年前に、警察情報が漏れているのですが、生安の警官が関係しているかと疑われるようになってきました」

「どういうことだ？」

「いま、お話しします」津久井は小島百合に言った。「七年前、大通署生安だった熊谷昭一を調べてくれませんか。彼は、札幌ジャイアンツだったろうか」

小島百合は、視線を端末のモニターに戻して言った。

「たしか、そういう名前はありましたね」

種田が言った。

「熊谷昭一なら、ファイル対象です。十年前、倶知安署交通課時代に、消費者金融からカネを借りています。財形貯蓄も解約。警務が調べて、発覚しました」

「いくらだ？」

「元利合計で、債務残高が九十万」

「十年前なら、イエローカードか。どうなった？」

「親戚から借りて一括返済。その後、ひき逃げ犯逮捕で方面本部長表彰。これで事実上イエローカードは相殺されたんでしょう。一年半後に大通署生安へ異動」

小島百合が言った。

「熊谷昭一、札幌方面清田署交通課の時期に、札幌ジャイアンツのメンバーとなっています。平成十年に大通署生活安全第一課。十二年まで引き続きレギュラー」

種田が続けた。

「平成十六年、旭川方面稚内署に異動」

藤川が津久井に言った。

「説明してくれ」

「その前に、目撃者殺しの件、大通署刑事課から、誰かを報告に来させましょう。大通署盗犯係の捜査員たちが、昨日、この目撃者と聞き込みで接触していたようです」

津久井は椅子に腰をおろしてから、七年前の警察庁指揮のおとり捜査事件について語った。そのときもやはり、日本国内の人身売買について外国で非難の声が高まり、警察庁がじきじきに捜査指揮を執ったことがあったのだと。

聞いたことがある、と藤川が漏らした。自分は福岡に出向中のときのことだと思うが。津久井は、そのおとり捜査の概要と、自分がどう関わったかを話した。薄野にそれらしき店をじっさいにオープンさせ、その店のオーナーと従業員が人身売買組織に接触し、取り引きすることで、動かぬ証拠をつかもうとしたのだと。

しかしその捜査は土壇場で流れた。相手組織が、津久井たちを警察ではないかと疑ったためだろう。一度は相手を騙して接触まで持ち込んだのだけど、最後の段階でどうやら自分たちの身元は割れたのだ。

この最後の部分の見方は、昨日といましがたの電話で、佐伯が口にしたものだった。津久井は、自分の想像をまじえて言った。

「あの組織は、おれたちが警官かもしれないと疑い出したとき、そのことを確認できる札幌の情報源に当たったのでしょう。もちろん、札幌の暴力団を経由したのでしょうが」

藤川が言った。

「その情報源が、熊谷という巡査か？」

「熊谷の属していた裏組織、ではないでしょうか。熊谷が把握していた情報が、相手に伝えられたんです。問い合わせのあったそのふたりは、まちがいなく道警の警官たちだと。人身売買組織はそこで取り引きを中止と決め、おれたちの前に二度と姿を現さなかった」

「そう考える根拠は？」

津久井は、ホワイトボードに目をやった。さきほどまで、藤川が考えを整理するために書いた言葉がそのまま残っている。中でも大書きされ、三重の円で囲まれているのは、このふたつの固有名詞だ。

「札幌ジャイアンツ」と「無双会」だ。

津久井は言った。

「熊谷も札幌ジャイアンツのメンバーだとわかった。もう疑う余地もないでしょう」

「転落死のことでは、大通署の盗犯係が何か調べていたんだって?」

「はい。被害者の親が、昨日再捜査を請求してきたそうです。その人物がらみで盗難事件が起こって、盗犯係が動いた。昨夜、転落死の目撃者にたどりついたところ、その目撃者が今朝、死体で発見されたんだそうです」

藤川は、種田に目を向けて、呆(あき)れたようにつぶやいた。

「ぼくらは、パンドラの箱の蓋(ふた)を開けてしまったようだな」

種田が同意して言った。

「地獄の釜(かま)の蓋かもしれません」

会議室のドアがノックされた。

藤川がドアに向かって言った。

「どうぞ」

入ってきたのは、大通署生活安全課の鹿島浩三警部補だった。私服の男がひとり、うしろについている。警務部の職員なのだろう。藤川は警務部を通じて鹿島に電話したから、警務がすぐに大通署に向かい、同行してきたのだ。職員が胸に下げているＩＤカードには、森田と書かれていた。

鹿島浩三警部補は、昨日事情を聞いたときよりも、いっそう挑戦的な顔となっていた。警務部員の森田が、鹿島浩三を同行しましたとかたちどおりに報告してから、藤川に訊いた。

「野々村巡査は、あのままですか？」

鹿島の顔に、瞬時驚愕が浮かんだ。その名をここで聞くとは、そうとうに意外だったようだ。

「そのままにしておいてくれ」と藤川。「まだ訊くことがあるんだ」

「はい」

警務部員は、会議室から去っていった。

藤川が、テーブルの正面の椅子を勧めて言った。

「どうぞ」

鹿島は、ちらりと津久井に怒りのこもった目を向けてきた。貴様が余計なことを喋ったのだろう、とでも言っているように感じられた。

津久井は視線をそらして藤川に言った。

「監察官、わたしは外に出ましょうか」

藤川は、津久井と小島百合の顔を交互に見てから言った。

「そうだな。でも、このフロアにいてくれないか。隣の会議室、空いていたろう。呼ぶことになるかもしれないんで」

小島百合も立ち上がった。

「監察官、わたしもはずします」

津久井は小島百合と一緒に会議室を出た。左手の会議室では、野々村大地巡査が待機中のはずである。右手の会議室のドアの表示を見てみると、空室になっていた。津久井はその会議室に入って、手近な椅子に腰をおろした。

小島百合が言った。

「こういうことだとは思わなかった。わたし、自分も監察に引っ張られたって、同僚に言い残してきてしまったのよ」

津久井は言った。

「それを聞いて、ぶち切れたひとがいると思いますよ」

小島百合は白い歯を見せて笑った。

目指す集合住宅が目に入ってきた。十階ほどの高さの、ベージュ色の壁のビルだった。屋上の広告塔にビル名が示されている。地元のデベロッパーの建てた集合住宅だった。左手にエントランスが見えてきた。駐車場の入り口は、そのエントランスの先にあるようだ。新宮が通りを徐行させた。

駐車場入り口の、車の出入りを示すランプが赤になった。車が出ます、という文字板も同時に点灯した。新宮がその手前で車を停めたとき、内側から白い国産のセダンが飛び出してきた。セダンは耳障りなブレーキ音を立てて車道の前で停まったが、すぐに車道に発進し、右折していった。反対車線には乗用車が二台あったが、白いセダンはその前に無理に割り込んだのだ。

「あ」と思わず佐伯は叫んでいた。「いまの」

新宮が訊いた。

「若森ですか?」

「わからん。サングラスだった。印象は似ている」

「追いますか?」

ルームミラーを見た。こちら側の車線にも、車の列が近づいているところだった。列の先頭のワゴン車は、佐伯たちの車を追い越そうと中央線側に寄っている。白いセダンのほうは、かなりの急加速で、反対車線を遠ざかってゆくところだった。

新宮の運転の腕はどうだろう。こいつの車は、バンタイプの四輪駆動車だ。アウトドア・ライフ好きの男のための、かなり趣味性の強い車だ。つまり、新宮は走り屋ではない。運転技術もそこそこという程度だろう。この捜査車両で、あのセダンを追うのは無理だ。

「いい」佐伯は言った。「家だけ確認してから、署に戻ろう。逮捕状が取れるかどうか、課長と相談だ」

このタイミングで若森が飛び出していったということは、今泉が連絡したのだろう。やつにとって、怖いのは法律よりも警察よりも、若森と若森が代表するなにやらの組織ということだ。

津久井の携帯電話に着信音があった。

津久井がポケットから取り出してモニターを見ると、発信は新宮昌樹だ。大通署の新米捜査員で、佐伯宏一の直接の部下だ。動画が送られてきたようだ。

津久井は、着信したその動画を再生した。最初、何が映っているのかわからなかった。

四、五人の男たちがもみあっているようだ。ビルの非常階段のような場所だろうか。そのうちひとりの男の身体が、踊り場の手すりの外に押し出された。ほかの男たちがうしろからその男の両腕をつかみ、踊り場の外へと押しやったのだ。男は抵抗した。

津久井は瞬きして、その動画をもう一度再生した。

どうやらこれは、去年暮れの薄野転落事故の真相を録画したもののようだ。新宮から発信されたということは、佐伯たちは目撃証人からこの動画を手に入れていたのだ。

こうなると、あの件を事故と断定した大通署の判断は完全に誤っていたことになる。どういう経緯であったかはわからないが、あれは確実に事件として捜査されるべきであった。殺人であるか、それとも過失致死になるかは、検察官の判断になるだろうが。

津久井は携帯電話を手にしたまま、廊下に出た。ちょうど警務部の森田巡査部長が、藤川たちの陣取る会議室のドアの前に立ったところだった。津久井は森田のうしろについた。

森田はドアをノックすると、返事を待たずに開けた。

大テーブルに向かい合う藤川と鹿島の姿が見えた。鹿島は腕を組んだままだ。何かを饒舌に語っていたという様子ではなかった。

森田が、顔を向けた藤川に早口で言った。

「監察官、山岸校長が消えました。私服に着替えて、警務が到着する前に、学校を出たそうです」

鹿島が森田に顔を向けて、こう漏らしたのが聞こえた。

「スーさんが？」

鹿島は激しく驚いた顔だった。さきほどここに野々村がいると聞いたときの十倍以上の驚愕のようだ。

藤川が森田に訊いた。

「こっちへ向かったんじゃないのか」

「ちがうと思います」と森田。「監察官が出頭を指示したあと、わたしも電話で、警務が迎えに行くので同行するようにと伝えています」

津久井はあの郡司警部事件のことを思い出した。あのときも、郡司警部が拳銃と覚せい剤の密売に手を染めているという情報で、警務部が郡司警部周辺の警察官を片っ端から事情聴取した。道警本部銃器対策課で郡司の直接の上司も、当然聴取された。その上司は、郡司の犯した不祥事には無関係であると強く主張し、いったんは事情聴取は終わったのだった。しかし上司はそのあと自分の乗用車で札幌の南にある藻南公園に向かい、公園の公衆トイレの中で首を吊って自殺したのだ。

もしや、無双会の事務責任者として、山岸数馬も自殺を？

ということは、この札幌ジャイアンツと無双会がやってきた服務規律違反は、想像以上の規模であるということにならないか？　少なくとも現職の警視正が、死ぬ以外にはないと思い詰めるほどに。

　そのとき、エレベーター・ホールのほうから靴音が響いてきた。婦人職員が、手に書類ホルダーを持って駆けてくるところだった。

　津久井は、会議室のドアの前から退いて、通路を開けた。

　婦人職員は、秘書室配属らしかった。津久井と森田に小さく頭を下げて会議室に飛び込むと、藤川の前で足をとめた。

「監察官、さきほど指示された件ですが」

　職員はいったん言葉を切り、室内を見渡してから訊いた。

「言ってかまいませんか？」

「言ってくれ」と藤川がうながした。

　職員は、手元の書類ホルダーを見ながら言った。

「北洋銀行北一条支店から回答です。ご依頼の無双会の銀行口座の件、裁判所命令がないと開示はできませんので、ご了解くださいとのことです。これがひとつ」

「ほかにも？」

「はい。先方担当者は、つけ加えました。この口座で、たったいま、不自然なおカネの動きがあったそうです」

「不自然というのは？」

「わかりません。伝えられたのはこれだけです」

藤川の横から、種田が言った。

「カネが引き出されたんでしょう。無双会の口座の管理は、山岸数馬がやっている。彼が全額引き出したんじゃないでしょうか」

藤川が立ち上がった。

「急展開だな。山岸は、高飛びするってことか?」

そう言いながら、会議室の出入り口に向かって歩いてきた。視線は津久井に向けられている。

自分への質問なのだな、と津久井は理解した。津久井は言った。

「緊急手配が必要です」

「まだ容疑は何も固まっていない。逮捕状を請求することもできない」

「監察官権限で、任意同行を求めることはできます」

「だけど、ご本人は消えたんだぞ」

「私生活を洗えば、潜伏先は突き止められるでしょう」津久井は携帯電話を取り出して続けた。「お見せしたいものが。大通署の盗犯係、佐伯警部補たちが、暮れの転落事故の件で決定的な証拠をつかみました」

「あとで」藤川は廊下に出て左右を見渡した。「本部長、警務部長と緊急協議だ」

藤川が、エレベーター・ホールのほうへ駆け出した。森田があとに続いた。

自分はどうするか。津久井はとりあえず待つことにした。すぐに藤川から、指示があるはずだ。

種田が会議室から出てきて、うしろ手にドアを閉じた。

彼は、相変わらずほとんど何も表情を変えていない。興奮もしていないようであるし、この展開を楽しんでいるようにも見えなかった。裁判所の書記官には、このようなタイプが多いかもしれない、と津久井は思った。

気がつくと、脇に小島百合が立っていた。

小島百合は言った。

「忘れてた。あの端末、離れるときはいったん電源を落とさなければ」

最重要機密にアクセスできる端末だった。いまあの端末の操作を認められたのは、監察官の藤川と小島百合だけである。たしかにふたりが会議室を離れる以上、一度データベースへの接続を切るべきであった。

小島百合が、会議室のドアを開けて、中に入っていった。

津久井は、山岸数馬校長の顔をいま一度思い起こした。彼は高校卒で警視正まで昇進した、道警警察官の鑑のひとりと言うべき幹部だった。あの皺の多い顔と、やわらかなひとあたりは、彼が数十年の警察官生活でどれほど苦労してきたかを語っている。けっして順風満帆の警察官人生ではなかったはずである。しかし定年も間近という歳になって、警察学校長のポストを得た。悪くないポストである。黙っていても、郡部の自動車教習所の副校長とか理事くらいの天下り先は探せるのではないか。端金を持って逃亡することはない。おとなしく監察を受けるならば、処分だって免職とはなるまい。郡司事件では本人以外ただのひとりも免職はなかったし、裏金問題でも、作った裏金を私的に流用した警部がひとり免職になっただけなのだ。どう考えても、逃げるよりは監察を受けるほうが、合理的な結論のはずだ。

いや、と考え直した。警察学校長をやるぐらいの分別もある大人が、逃亡をはかっているのだ。隠されているものは、そうしなければならないぐらいのものだということだろう。あるいは、この癒着では、かなり誘惑的な額のカネが動いてきたのか。

会議室のドアが開いて、小島百合が姿を見せた。硬い顔で、津久井を見つめてくる。

「津久井さん、入ってくれる」

「なんです?」と言いながら、津久井は会議室に入った。

部屋の隅に、鹿島浩三警部補が立っていた。携帯電話を手にしている。津久井にあらためて憎々しげな目を向けてきた。

津久井は思った。この男は、監察官室の種田とは対照的だ。どんなことでも必ず顔に出る。ポーカーフェイスができない。

「嘘だよ」と鹿島は言った。「聞き違いだ」

津久井は振り返って、小島百合に訊いた。

「何があったんです？」

小島百合は、鹿島に視線を向けて答えた。

「わたしがここに入ったら、鹿島警部補はあそこでこっちに背中を向けて電話していた」

「何か面白いことでも？」

「こう言ってた。山岸がカネを持って逃げた。カネを取り戻して、うまく処理してくれって」

「嘘だ」と鹿島はまた言った。「そんなことは言っていない」

「その携帯電話を」と津久井は鹿島に向かって歩いた。

鹿島はとつぜんその携帯電話を床に叩きつけた。携帯電話は激しい音を立てて砕け、破片が部屋に飛び散った。その破片のうちもっとも大きなものを、鹿島は踏みつけた。

津久井は足を止め、鹿島のその狼狽ぶりを見つめて冷やかに言った。

「阿呆か。発信記録は、携帯のメモリーだけに残るんじゃない。電話会社にも残ってるんだぞ」

鹿島は顔を上げて、津久井を見つめてきた。へまをやった、とその顔が語っている。

津久井は自分の携帯電話を取り出して言った。

「転落事故の件、目撃者のホステスは殺された。だけど、証拠は残っている。ホステスは、階段の踊り場の様子を、携帯で撮影していたんだ」

鹿島が、感情の昂りを無理に押さえたような声で言った。

「あの事故、おれも事件だと思った。薄野特別捜査隊の河野が、おれが何をやったか知っている。おれは、あれを事故にしようなんてつもりはなかったんだ」

「監察官に言え」と津久井は言いながら、佐伯の携帯電話の番号を呼び出した。

鹿島が、津久井を注視してくる。どこに電話しようとしているのか、何を言うのか、それが気になるのだろう。

佐伯が出たところで、津久井は言った。

「全体がわかりましたよ。裏の組織は、札幌ジャイアンツ、そしてOB会の無双会。裏のネットワークで、暴力団とつるんでいたんです」

佐伯は理解が早かった。この背景をすでに読んでいたのかもしれない。同じことを聞き返すことなく、佐伯は言った。

「道警の中に、スーさんって男がいる。そいつがマル暴と警察とのあいだに入って仕切ってる。そいつが誰かわからないか？」

「スーさん？」津久井は鹿島から目をそらさずに言った。「それは、山岸数馬警視正。警察学校の校長です。いま出頭命令を出したら、カネを持って逃走したようです」

「たしか?」

「まず十中八、九確実です。やつは、ふけた」

「逮捕状は出てるのか?」

「まだです。もうひとつ重大な件」

「なんだ?　もったいつけるな」

「いまおれの目の前に、大通署の鹿島警部補がいます」

「そいつの役割はわかってる」

「こいつが誰かに、スーさん、山岸数馬を殺せと指示を出しました。組織の裏の実力者は、事務局の山岸ではなく、この鹿島かもしれません」

少しのあいだ、何の反応も返ってこなかった。電波が途切れたか?

もしもしと津久井が言うと、佐伯が応(こた)えてきた。

「山岸殺し、誰に指示したのかわかる。今朝目撃者を殺した男だ。金子組の若森って男だ」

「もうそこまで突き止めてるんですか」

「伊達(だて)に外まわりやっていない」佐伯の口調が、いくらか緊張したものになった。「山岸の向かうところに若森も向かってる。若森の向かう先に、山岸がいる。ふたりの携帯の微弱電波、調べさせろ」

「あとのほうの番号、いまわかりますか?」

「わかる。いったん切ってから、若森の携帯番号、教える」

「はい」

津久井は携帯電話を畳んで、椅子に腰をおろした。出入り口をふさぐ格好だ。振り返って確かめてみると、ドアの外では小島百合が仁王立ちだった。

鹿島が、津久井をさとすような調子で言った。

「ささやかなことだぞ。おおごとにすることはないんだ」

津久井は首を振って言った。

「監察官に言え」

「いいか、これはノンキャリの警官が、ささやかに定年後の手だてを考えただけのことだ」

「考えるだけじゃなく、不正に手を染めた」

「ろくに被害者もいない、形式的な違法だよ」

「栗林ってサラリーマンが死んだ。タイの少女は暴力団に連れ戻された」

「それをいちいち犯罪と言ってたら、薄野の灯が消えるぞ」

「あんたが心配することじゃない。だいいち、ボランティアでやったわけじゃないだろう。カネが動いた」

「ささやかなものだって」

「山岸校長が、持って逃げたくなるだけの額らしいぞ」

「道警の裏金は総額いくらだった？　署長クラスが退職するとき、裏金からいくら出ていた？　うちを新築できるぐらいのカネが動いた。競走馬を買った署長もいた。あの連中のやってきたことに較べれば」

津久井はみなまで言わせなかった。

「あんたたちは、札幌ジャイアンツって裏組織で利権を握ってたんだ。ただのノンキャリとはちがう」

「そうかな。おれに言わせれば、あんたのやったことのほうが罪は大きいんだがね。警察を売ったんだ」

津久井はたじろぐことなく言い返した。

「いや。おれは道警っていう組織の不正について知ってることを証言しただけだ。現場の警官には、被害者はいないよ」

「売った、うたったってこと自体が、破廉恥じゃないのか」

「いいや。警官を売るって言うのは、おれと佐伯さんのおとり捜査のときみたいなことを言うのさ。誰かが情報を流した」

「あのときはおれは、大通署にはいなかった」

引っかかった。阿呆、と津久井は胸のうちで鹿島に悪態をついてから言った。

「あのときっていつだ？　知っていたのか？」

鹿島ははっきりと狼狽を見せた。

「いや、べつに、知らない」

「あれは秘密のおとり捜査だった。それを知ってる警官は、ごく数人しかいない。あんたがおれたちを売ってくれたんだな」

「おれは売っていないって」

「じゃあ、誰だ？」

鹿島はわざとらしくため息をついた。

「スーさん。山岸だよ。あのとき、大通署生安の課長だった」

「若森が山岸を殺すと、もう確信しているようだな。すべて山岸校長に押しつけられる」

鹿島の口が小さく開いた。若森、という名が出たことに驚いたようだ。

津久井は、いくらか得意な気分で言った。

「すっかり調べはついているんだ」

廊下のほうが騒がしくなった。数人の男たちが、早足で歩いてくるようだ。

津久井が振り返ると、藤川だった。種田や森田がそのうしろに見える。警務部長もだ。

藤川は言った。

「山岸校長の身柄を確保する。津久井さん、手伝ってくれ」

津久井は、はいと返事してから、鹿島を指さして言った。

「こいつがいま、山岸校長抹殺の指示を出しました。暴力団が、山岸を追っているはずです。急がなければ」

森田が一歩前に出て言った。

「鹿島、いまからお前の身柄は警務預かりだ」

鹿島は鼻で笑い、勝手にしろとでも言うように両手を広げた。

廊下に出ると、津久井の携帯電話に着信音があった。メールが届いたようだ。新宮の発信だ。メールを開いてみると、ゼロから始まる数字が並んでいる。若森という男の携帯電話の番号だろう。携帯電話会社に問い合わせるよりも、てっとり早かった。

藤川が訊いた。

「山岸校長、潜伏先、わかるかな?」

津久井は答えた。

「山岸の携帯電話番号、どこかに登録されているはずです。電話しましょう。電話に出れば、居場所はわかる。電源を落としていなければ、微弱電波で位置がわかります」

「ヒットマンのほうは?」

「番号がわかりました。同じやりかたで、逃亡先を絞りこめます。鹿島がヒットマンに指示したとき、鹿島も若森も、山岸の向かう先を承知していたようです」

「どうして？」

「処理、って言葉だけで用件は伝わったようですので」

藤川は振り返り、警務部長に言った。

「あとのことはまかせる。野々村と鹿島、身柄を移してくれ」

五十年配の警務部長が訊いた。

「監察官はいかがされます？」

「山岸って校長を追う」

「それは道警におまかせください。いま部内手配します」

「いいや。その現場にはぼくもいたい。これはぼくの仕事だ」

「危険があるかも」

藤川は津久井を横目で見て言った。

「津久井さんがいる」

うれしい言葉だったけれど、津久井はわずかに困惑も感じた。飛ばされて、いま自分は警察学校の総務係配属だ。その立場で、不正に手を染めた警察官の身柄確保という任務に就けるか？

津久井の想(おも)いを、藤川は察したようだ。彼は言った。

「いま、秘書室長から口頭で了解をもらった。きみはいまから警察庁出向、監察官室付だ。ぼくの部下となった」

津久井は頭を下げて言った。

「なんなりと、申しつけてください」

藤川のうしろにいる小島百合が、小さく微笑した。

佐伯たちの乗る捜査車両は、大通署の地下駐車場に入った。新宮が、所定の位置に車を停めて、エンジンを切った。

佐伯は新宮に訊いた。

「お前さん、昨日、監察が入ったことで、大通署の誰かが話していたと言っていたな」

新宮が、運転席のドアノブに手をかけたまま言った。

「ええ。ロッカールームで何人かの警官たちが話していました。監察が入っても流してやれと」

「誰だったか、覚えているか」

「いいえ。刑事課の刑事なら声でわかりますが、聞き覚えのない声でした。ひとりだけ顔を見た警官は、生活安全課でしたね。何か？」

佐伯は、考えをまとめながら言った。

「津久井や監察官たちは、裏で暴力団とつるんでいるのは、札幌ジャイアンツと無双会だと突き止めた。刑事課にも、連中の仲間はいるはずなんだ。おれのすすきのタウンガイドにしかけた罠が、若森に伝わっていたんだからな。だけど、刑事課に札幌ジャイアンツの選手っているか？」

「知能犯係の田村」と新宮が言った。「彼はちがいましたか？」

佐伯は、新宮が口にしたその刑事の風貌を思い浮かべた。歳はちょうど三十くらい。駒澤大学附属苫小牧高校の野球部出身のはずだ。しかし、彼は札幌ジャイアンツのメンバーだったろうか。

新宮があわてて言った。

「ちがった。田村は、石狩ベアーズの選手でしたね」

石狩ベアーズも、札幌ジャイアンツに似た野球同好会だ。札幌方面の所轄署員で結成されている。札幌ジャイアンツの選手になるにはなにやら難しい資格審査をパスしなければならないと言われているが、石狩ベアーズのほうは、さほど入会は難しくないらしい。つまり、札幌ジャイアンツほど排他的な組織ではなかった。

佐伯は言った。

「田村はちがうな。ということは、刑事課には、誰か見えないメンバーがいるぞ」

「津久井さんが、リストを把握したんでしょう?」

その言葉を聞いて、佐伯はすぐに津久井に電話した。

用件を伝えると、津久井は焦り気味の声で言った。

「その件、小島百合さんに電話してもらえますか。彼女が把握してます」

「どうした?」

「取り込んでいるんです。すいません」

電話が切れたので、佐伯は小島百合巡査にかけなおした。

「小島です」と、小島百合は妙に事務的に感じられる声で言った。「おひさしぶり」

嫌われているのか。佐伯は、小島百合の言葉に刺が含まれていることを意識した。同じ署に勤務する警官同士として、週に何度かは顔を合わせているし、その都度会釈ぐらいはしてきたのだが。

佐伯はその想いを隠しつつ訊いた。

「もしかして、そこに監察官がいるのか?」

「監察官は、津久井さんと一緒に出てゆきました。何か?」

「あんたが、札幌ジャイアンツとOB会のメンバーを把握していると聞いた。連中が、裏組織だったと突き止めたとか」

「ええ。把握しています」

「確認してもらえるか。そのメンバーは、大通署の刑事課にいるか。いるとしたら誰だ？」

「待ってください。いま端末の前にゆきますので」

返事がくるまで、二分かかった。

小島百合は言った。

「刑事課には、いません」

「ジャイアンツの選手も、OB会のメンバーも？」

「両方」

「わかった。サンキュー」

携帯電話を切ろうとすると、小島百合があわてたように言った。

「それでおしまいですか？」

「ああ」話題が何かはすぐに理解した。「約束のことだな」

去年の、津久井卓巡査部長にかけられた殺人の嫌疑を晴らすため、佐伯は小島百合を自分たちの独自捜査チームに引き込んだのだ。彼女の検索のスキルと直感がなければ、あのチームは機能しなかったし、津久井を守ることもできなかった。お礼として、佐伯は小島百合に、イタリア料理と、豪華なバーでのお酒を約束した。ただし、口にはしにくいさまざまな理由もあって、イタリア料理は署の近所のホテルの、割安ランチ・セットですませることになった。眺めのよいバーでのお酒については、忘年会流れで、新宮をまじえた刑事七人と一緒のことになった。もちろんあと何度か居酒屋には誘っていたし、回転寿司をごちそうしたこともある。ただし佐伯自身も、それが約束を微妙に違えた実績作りでしかないことは承知していた。

小島百合が言った。

「そうです。あれで終わったわけじゃないですよね」

佐伯はこほんと咳払(せきばら)いして、新宮を見た。新宮は、会話の中身に気づいたのかどうか、素知らぬ顔で窓の外に目をやっている。

佐伯は言った。

「いま、取り込んでる。こんど署長表彰もらったら、あらためて」

携帯電話を切ると、新宮が佐伯に顔を向けてきた。

「小島百合さんのケア、きちんとしていないいんですか？」

ケア？　ケアが必要な問題なのか？

そうは思ったが、佐伯は言った。

「おれのプライバシーだ」

言葉ほど威圧的な声の調子とはならなかった。

警務部の森田が、透明の書類ファイルを手に、その部屋に駆け込んできた。

「出ました。ふたりとも、発信位置確認、オーケーです」

大通署からわずかに一ブロックしか離れていないＮＴＴドコモの一室である。富士通のＰＣが二十台以上並び、さらに大型のモニターも二台置かれていた。ブルーグレーの作業服を着たＮＴＴドコモの技術者たちが三人、待機している。ほかにひとり、スーツ姿の中年男がいて、森田のほうに近寄っていった。

津久井と藤川は、その場に立ち上がって、スーツ姿の男を見た。男は、北海道ドコモの総務部長だ。

部長は二枚の書類に目を落としてから、技術者たちを振り返って言った。

「いいだろう。やってくれ」

技術者たちが、すぐにキーボードを打ち始めた。ひとりは、ヘッドホンを頭にかけている。

藤川が、また椅子に腰をおろした。彼のデスクには、マイクがセットされている。

津久井は藤川の横に立って、その様子を見守った。いま、裁判所の携帯電話端末発信位置調査の許可が下りたのだ。

三十秒ほどの後に、技術者のチーフ格の男が言った。

「最初の番号、電源が切られています。確認できません」

山岸も、携帯電話の微弱電波で、おおよその位置を突き止められると知っているはずだ。まず滅多なことでは、自分の携帯電話を使うことはないだろう。

総務部長が藤川に訊いた。

「次にかかっていいですか？」

「お願いします」と藤川。

またチーフ格の技術者が言った。

「出ました。札幌市内です」彼の目の前のモニターに、藤川には読めぬ文字と数字の列が現れた。

「微弱電波では、あまり位置を絞りこめません。通話、お願いします」

総務部長が藤川に言った。

「合図をしたら、しゃべってください」

藤川が、マイクのほうに顔を近づけた。

チーフ技術者が言った。

「出ました。どうぞ」

次の瞬間、チーフ・エンジニアの前のモニターにノイズが走った。文字列は一瞬のうちに消えた。

「切れた」と、その技術者が言った。「電源も切れました」

その隣で、若い技術者が言った。

「確認できました。札幌市内です」

彼のモニターに映っているのは、札幌中心部の地図のようだ。モニターの中心で、赤い円が点滅している。

正面の大型モニターに、同じ地図が現れた。

総務部長が言った。

「拡大してくれ」

地図がすぐ大きくなった。街路の一本一本がはっきり見える。札幌市中心部のおおよそ二キロ四方ほどを表示しているようだ。

赤い円の点滅位置がわかった。

津久井は言った。

「豊平橋の東側です」

藤川がモニターを見つめたまま訊いた。

「ここに、アジトか何かがあるのか？」

「いいえ」津久井は自分の判断を口にした。「月寒（つきさむ）通りという道路上です。車で東に向かっているのでしょう」

「行く先の見当はつくか？」

「この道路は、国道三十六号線です。札幌市街地を出るのかもしれません」

「ヒットマンを追えば、山岸にたどりつくか?」

「ヒットマンも、確信あって追っているはずですから」

「車の情報が欲しいな」

「豊平橋にはNシステムが設置ずみです」津久井は腕時計を見た。「三分前からいまの時点までの通行車両を調べさせます。五分で洗い出せるはずです」

藤川は顔をしかめて津久井に向き直り、小さくため息をついてから言った。

「怖いシステムだな」

総務部長が訊いた。

「これでオーケーでしょうか」

藤川は答えた。

「引き続き監視をお願いします。電源が入って位置が確認できたら、こちらの森田に教えてください」

「承知しました」

藤川は、津久井に顔を向けてきた。

「行こう。追ってくれ」

はいと短く返事をして、津久井は藤川より先にその部屋を出た。


刑事部屋には、三十人ばかりの捜査員がいた。

佐伯と新宮が部屋に入ると、その捜査員たちが一斉に佐伯たちに顔を向けてきた。いや、必ずしも全員が一斉にというわけではなかったろう。しかし佐伯には、全員が、と見えた。佐伯にはまだ、刑事部屋のムシの正体がわからないのだ。誰もがそうであるとも見えるのだった。

デスクに着く前に、課長補佐の井上が佐伯を呼んだ。

「どうだった？　どこまで追えた？」

佐伯は直接答えずに言った。

「画像の証拠が残っています。逮捕状を請求したいんですが」

刑事部屋の中は、静まり返った、と感じられた。佐伯は三十人の捜査員たちの視線を意識した。

係長が言った。

「どっちの件だ？　昨日の盗犯か？　今朝のホステス殺しか？」

「どちらもです。同一人物。取りあえず盗犯で令状を取りましょう。押さえてから、殺人のほうは吐かせます」

もうひとりの課長補佐・関口が、何か言いたげに立ち上がった。それはうちの仕事だ、とでも言いたいのかもしれない。

しかし井上は、部屋の女性職員に言った。

「松島、令状請求用紙持ってこい」

刑事課庶務係のデスクから、松島が立ち上がった。刑事課のマスコット・ガール。去年の課の忘年会では、おやじ捜査員たちの知らぬ曲ばかり十二曲を連続してうたったとか。大通署の婦人職員で珍しく、髪を染めている。もちろんごく控えめにではあるが。

マスコット・ガール……。

松島が用紙を井上のデスクに置いて、ちらりと顔を上げた。佐伯と視線が合った。

佐伯は思わず背を起こした。彼女か？

佐伯はその場から松島に訊いた。

「松島、お前、たしか札幌ジャイアンツで何かやっていたな」

呼びかけられて、松島はびくりと身体を起こした。井上がふしぎそうに松島を見上げた。

松島は、佐伯を見て笑いながら言った。

「なんです？　突然に」

「どうだった？」

「べつに、あたしは何も」

井上が、ふしぎそうに言った。

「お前、札幌ジャイアンツのマネージャーだか、マスコットじゃなかったか」

当たりだ。彼女は選手ではないが、チームの構成員だ。メンバーだ。

彼女が、昨日来、部内の情報を札幌ジャイアンツを通じて外に流していたんだ。栗林の父親が再捜査要求で大通署にやってきたことも、佐伯が工作して流した転落事故目撃情報の件も。

「係長」佐伯は言った。「松島を、少しのあいだ隔離してもらえませんか。会議室で、服務規律の清書でもやらせてください」

「どうしてだ？」と井上が訊いた。

「交遊関係に問題ありです」

そう言っているとき、佐伯の携帯電話に着信があった。津久井からだった。

佐伯はデスクを離れて、廊下に向かった。

携帯電話を耳に当てると、津久井が言った。

「山岸校長は所在不明。でも、若森はどうやら三十六号線を南に走っています」

佐伯は言った。

「千歳空港だな。若森の行く先に、確実に山岸がいる」

「おれはいま、監察官と一緒に追っています」

「おれも行く」

佐伯は井上の席まで戻って告げた。

「いまから、追います」

「ふたりだけでか？」

「大丈夫です。令状の必要事項は、無線のやりとりで」

「持たないまま行くのは、まずくないか」

「切迫してます。とりあえず身柄押さえます」

「公判、維持できるようにな」

「そのつもりです」佐伯は井上のデスクを離れると、自分のデスクの脇に立ったままの新宮の肩を叩いた。「飛ばしてくれ」

エレベーター・ホールへ向かいながら、佐伯は右の腰の拳銃の感触を確かめた。相手はきょうすでにひとり殺している男だ。用心に越したことはない。いや、きょうは、確実にホルスターから抜き出すことにはなるだろう。もしかすると、自分の警察官人生で初めて、発砲することになるかもしれなかった。

エレベーターの前で、新宮も腰に手をやった。顔が心なしか緊張していた。

佐伯は新宮に言った。

「いいか、お前は控えだ。出過ぎるなよ」

新宮は、いくらか不服そうに言った。

「手錠は、おれにくれるって言ったじゃないですか」

「やる。だけど捕り物自体は、おれだ。お前には無理だ」

新宮は、鼻から吐息をついて言った。

「わかりました」

8

津久井の運転する道警本部の公用車は、国道三十六号線を南に向けて走っていた。豊平橋を渡って一キロメートルほどの地点である。

すぐ前を、警務部の車両がサイレンを鳴らして走っている。一般の車両はみな徐行して左側端に寄っていた。津久井はその空いた車線に、公用車を走らせているのだった。

山岸校長の向かった先について、佐伯は千歳空港ではないかと言っていたが、確証はない。しかし、たしかに銀行口座からカネも引き出されたらしいとなれば、潜伏よりは高飛びを考えたほうがよかった。いちおう部内手配ということで、千歳署にも山岸数馬の身柄確保を指示したが、しかし千歳空港が一年でもっとも混雑する六月だ。空港で山岸を見つけることは、さほど容易とはいえない。ましてやもし山岸が偽名で航空券を買っていれば、航空会社からの情報を頼ることもできないのだった。ここは山岸の顔をよく知っている自分が、空港まで行くしかない。飛行機の搭乗開始にさえ間に合うなら、なんとか身柄確保できるだろう。

警察無線が入った。津久井はステアリングから手を離さずに、聞き耳を立てた。若森の携帯電話についての位置情報だった。

「若森秀雄の携帯にいましたが、一瞬だけ電源が入りました。位置は里塚でした」

里塚、ということは、やはり若森は千歳空港に向かっているのだ。里塚の先には道央自動車道の大曲インターチェンジがある。ここで道央自動車道に乗るなら、三十分弱、いや、二十五分前後で、千歳空港に到着するのだ。山岸が道央自動車道で苫小牧に向かったという可能性もないではないが、手配が先回りすることを心配するなら、目的地は千歳以外にはないはずだった。

いまの通信を聞いて、大曲インターチェンジでは交通機動隊の車両が待機に入るはずである。自動車道では、その車両の先導で千歳空港を目指すことになる。もしかすると、インターチェンジから空港ターミナル・ビルまで、二十分で行けるかもしれない。

同じ通信を、佐伯たちも捜査車両で聞いた。ちょうど豊平橋にさしかかったところである。

佐伯はステアリングを握る新宮に言った。

「まちがいない。千歳だ」

「はい」

前方を走っていたトラックが左によけた。新宮が、捜査車両のアクセルペダルを踏み込んだ。捜査車両はいっそう加速した。佐伯の身体(からだ)は、シートに沈みこんだ。

「無理するな」と佐伯は注意した。「無事に着くことが肝心なんだ」

新宮は、喉(のど)の奥で声にもならない音をたてただけだった。

若森秀雄は、乗用車を停(と)めて時計を見た。

午後の三時十五分だった。札幌市街地を国道三十六号線で抜け、道央自動車道を使って千歳に入った。千歳インターチェンジで自動車道を降り、いまこの千歳空港A駐車場に入ったのだった。四十五分かかっている。出発はたぶん山岸数馬よりも十五分は遅れていた。自動車道をかなりの勢いで飛ばしてきたが、縮められたのはせいぜい二分ぐらいのものだろう。山岸だって、必死で車を走らせていたはずなのだから。

自分たちと、無双会との深いもたれあいの関係が、若い監察官による緊急監察で明るみに出てしまった。いや、もたれあい、という言葉では穏やかすぎる。部分的には、道警無双会と自分たち山口組系誠勇会とは、細胞が交じり合うほどの濃密な関係だった。癒着していて、分離することさえ難しいところがあった。

その事実が明るみに出てしまった。目立たぬように、ほどほどに、しかし非合法ビジネスの利益は確実に出るという範囲で、自分たちは警察と共存してきたのに、その未来が閉ざされてしまった。この場合、被害は無双会の側、現職警察官の側のほうが大きい。自分たちは、どっちみち非合法ビジネスに関わっているのだ。多少のリスクは覚悟していた。

しかし警官たちは、懲戒免職となれば人生は終わり。ましてや刑事犯として前科がつくようなことにでもなれば、立ち直ることは不可能だろう。警察手帳の威力で生きてきた連中なのだ。いざ丸裸になったときは、はたしてそれまでの人格を維持できるかどうか。廃人になるしかないのではないか。

だから山岸は、監察を受ける前に逃走をはかったのだ。無双会の口座のカネを引き出して。

無双会がどのくらいの腐ったカネをため込んでいたかは知らない。しかし、誠勇会全体では、毎年最低でも千万か二千万のカネを届けていたはずだ。山口組傘下の誠勇会の構成員数はおよそ百。みな、ひとりあたり十万円以上のカネはレギュラーの保険金として納付していたのだ。そのほかに、イレギュラーの頼みごとの礼もあった。一億とは言わないまでも、その半分ぐらいのカネは口座に残っていたことだろう。それを引き出せば、どこか物価の安い外国であれば、かなりの期間、お大尽として過ごせる。

ましてや、山岸は四年前に胃の三分の二を切った男だった。長生きは望めない。つまりたとえば五千万のカネでも、十分すぎるぐらい残りの人生を楽しめるはずだ。

山岸はタイに行ったことがある、と若森は知っていた。大通署生安から異動になったとき、誠勇会がその旅行をプレゼントしたのだ。もちろん表向きはそうは見せていない。しかしバンコクとパタヤでの遊びには、現地マフィアのアテンドをつけたし、博打(ばくち)でも女でも、十分に楽しませた。帰ってきた山岸が誠勇会の幹部に、定年後はタイに住みたいと漏らしたという話も聞いている。

やつはタイに逃げる。若森がまっすぐ千歳空港に向かったのは、その確信のゆえだった。そしてタイに向かうため、山岸がまず目指すのは関西国際空港のはずだった。前にタイに行ったときも、関空経由だったのだ。ひとは緊急事態では無意識のうちに、多少なりとも慣れたルートを使う。関空経由だ。

しかし、と若森は思う。山岸が持ち逃げしようとしているカネは、自分たちのあいだの、言わば安全保障のための積立金だ。無双会の事務局長が勝手にできる性質のカネではなかった。取り戻さねばならない。また、持ち逃げを企てた山岸は、正当な罰を受けなければならない。自分たちと警察側の双方が、正しくそう考えている。いや、何より身柄確保されて、監察官たちに洗いざらい話されては、双方の組織にたいへんな被害が出る。食うに困る者が大勢出るのだ。その不安を取り除かねばならない。

若森はグラブボックスの奥の隠し底に手を伸ばした。不法改造車を作るガレージに作らせた特別の物入れだった。ここに若森はいつも、マカロフを収めてある。去年、誠勇会の幹部がサハリンの朝鮮系マフィアとの取り引きでトラブルを起こし、ヒットマンに殺されたことがあった。北海道の暴力団にとっては、撃ち合いという事態はいつだって想定しておかねばならぬ話だった。

グラブボックスの蓋に手を触れたところで思い直した。これだけの時間の余裕があったのだ。山岸はたぶんもう、手荷物検査を抜けて搭乗ロビーに入ってしまったことだろう。そこまで追いかけるとなると、拳銃は持ち込めない。置いてゆくしかない。

若森は助手席の足元から、スポーツバッグを取り出した。ふだんはぼったくりバーの用心棒をしているし、若森は筋肉をつけるためスポーツジムに通っている。高校時代はレスリングをやっていたこともあって、ジム通い自体が好きなのだ。だからスポーツバッグの中には、着替えとタオルがいつも収まっている。

若森はそのスポーツバッグを持ち上げて、車を降りた。駐車場のポイントの表示は、Aの一八だ。

遠くから、警察車のサイレンの音が近づいてきている。山岸の件に関係のあることか、それともべつの件で空港に向かう警察車なのか、若森には判断はつかなかった。しかし、急いだほうがよいことは確実だった。

若森は歩きながら、サングラスをかけ直した。若森は自分をこわもてに見せるためのサングラスは持っていない。こういう場合のために、いくらか顔の知れた格闘技選手、とでも見えるような、軟派なサングラスを常用していた。

駐車場とターミナル・ビルとを結ぶ北連絡橋に上り、ビルの出発ロビーへと急いだ。山岸はまずまちがいなく、関空までの国内線は偽名で乗るはずである。自分は偽名を使う必要はない。どっちみち飛行機には乗らないのだ。乗ってしまえば、身動きが取れない。そのあいだに手配が回れば終わりだった。

混雑する土産(みやげ)もの売り場を抜けて、出発ロビーに入った。左手に全日空、右側が日本航空の搭乗カウンターだった。空港まで走ってくる途中、金子組の弟分に、飛行機の出発時刻は調べさせていた。関空発バンコク行きの飛行機に間に合わせるための便については、見当がついている。日航は一時間二十分後、これに対して全日空のほうは三十分後だ。もう山岸がべつの便に乗ってしまっていないかぎり、彼が乗るのはこの全日空の便だ。

若森は全日空の航空券発売窓口へと歩き、本名で羽田までの航空券を買った。買ってから思いつき、さらにこれを、スーパーシートに変えた。

手荷物検査を問題なく通過した。検査場のすぐ内側には、ふたりの制服警官が立って、検査場を抜けてくる乗客たちを監視していた。不審物が発見されたときは、ただちにその持ち主を押さえる構えだ。その警官たちの視線の死角まで動いてから、若森は薄手の黒い革手袋を出してはめた。はめるとき、手袋の甲の部分にひっかき傷があることに気づいた。

昨夜、つけられたか。

そのときのことを思い出しながら、今回の仕事を終えたらこの革手袋は処分しようと、記憶に残した。

全日空側の搭乗待合ロビーを注視しながら歩いた。関空行きの便の搭乗口まできたが、山岸の姿はみつからなかった。若森は待合ロビーの端まで歩いてから、関空行きの搭乗口まで戻った。途中、トイレも確認した。山岸の姿はやはり見当たらない。

こうなると。

若森は左右を見渡し、スーパーシート客用のラウンジの入り口を探した。手荷物検査場の近くの壁に、目立たぬようにその表示が出ていた。

若森はドアを押してそのラウンジのエントランスに入った。突然、音がなくなったかと思えるほどの静かな空間となった。横手にふたりの全日空の制服姿のグランド・ホステスがいる。若森は航空券を示して、ラウンジの自動ドアの前へと歩いた。

自動ドアが開いた瞬間、山岸が目に入った。

山岸はラウンジの奥で、ほかの乗客から離れてぽつりと、ひとりクロス張りの椅子に身体を埋めている。追跡者が気がかりだったのだろう。自動ドアが開くたびに、視線を向けていたようだ。だからこうして、視線が合うことになった。

山岸の顔が緊張で強張った。若森はまっすぐ山岸に向かって歩いた。ラウンジの中にいる乗客の数は、いま二十人ほどだろうか。さほど広くはないラウンジだ。ここでは何もできないし、大声を出すこともはばかられる。

カネだけ引き渡してもらって、あとはタイのマフィアにまかせるか。

すぐにまずいと気づいた。彼が無事にタイにつけるとは限らない。関空で警察に身柄確保されるかもしれなかった。

若森は迷ったまま山岸の隣の椅子に腰をおろした。

山岸は、小声で言った。

「どこにご旅行ですか」

「そうですよ、校長」と、若森も小声で返した。「監察が、厄介なことになってます。どこにご旅行ですか」

山岸は、唇を舌で湿してから言った。

「見逃してくれないか。日本を出るんだ。急いでいる」

「出ていってはもらいたくないんですが」

「頼む。目をつぶってくれ」

「カネも全部持っていってしまうんですか」

「いや」そう答えてから、ふいによいことを思いついたという口調になった。「どうだ。見逃してくれるんなら、カネを支払う」

「いくら?」

「一千万」

「まさか」と、若森は笑った。「そんなはしたガネでおれを買うって?」

「いくら欲しいんだ?」

「いくら持ち逃げしたんだ?」

持ち逃げという言葉が気に障ったのか、返事は一瞬遅れた。

「六千万だ」

若森は思わずまばたきして言った。

「その半分をくれ」

「まさか」と、こんどは山岸が笑った。「ひやひやしながら、貯めてきたカネだぞ。それを半分寄越せと?」

若森は、サングラスをかけたままの顔を少しだけ山岸に近づけて言った。

「駆け引きはやめよう。半分、寄越しなよ」

山岸の目が左右に動いた。無意識に逃げ道でも探したのかもしれない。

しかしけっきょく、山岸は硬い顔のままで小さくうなずいた。

「半分やる」

「正確に半分」若森は、自分のスポーツバッグを山岸に見せて言った。「トイレで、確かめさせてくれ」

山岸はためらいがちに立ち上がった。不服であろうし、不安もあるだろうが、ここでは若森の言うことを聞くしかないのだ。さっきまでの北海道警察の幹部としては、これがかなり屈辱的な事態であるのはたしかだろうが。

若森は、山岸のうしろについて、トイレへと向かった。

トイレの入り口は、新聞や雑誌の並んだカウンターの横にあった。ドアを開けて、素早く中を見渡した。手前が、明るい洗面所だ。洗面台の横の籐の籠に、おしぼりが山と積まれている。その奥の空間に、小用の便器は三個並んでいた。誰も使っていない。その背中合わせに、ふたつの個室。ドアは両方とも開いていた。若森は一瞬も躊躇しなかった。手に提げたスポーツバッグを床に落とすと同時に、山岸の後頭部に手刀をくれていた。うっとうめいて、山岸はのけぞった。身をよじろうとしてくる。若森はすぐさま山岸の首に右腕を回した。山岸は必死に振りほどこうとしてきた。若森は右腕に力をこめたまま、左手で山岸の頭を引いた。

定年間近の、しかも胃を三分の二切除した男は、若森の相手ではなかった。固いものが折れるような音がして、ふいに山岸は脱力した。

若森はそのまま山岸の身体を押し、空いている個室のひとつに入れた。便器に腰掛けさせながら、ちらりと山岸の顔を見た。白目をむき、口から舌が少し飛び出ていた。

山岸の身体が動かないことを確かめ、ドアを閉じて、山岸が持っていた革のボストンバッグを持ち上げた。けっこうな重さだ。十キロ近くはあるだろうか。四角くてごつごつしたものが中に詰まっている。

自分のスポーツバッグを右手に提げ、山岸のボストンバッグを肩にかけて、トイレを出た。ちょうど関空行きの便の搭乗が始まったとアナウンスがあった。若森はラウンジを出て、手荷物検査ゲートへと向かった。

歩きながらサングラスを取り、検査場の長身の男性警備員に近づいた。

「車にパスポートを忘れてきてしまったんです。いったん出ていいでしょうか」

警備員は、不審そうに若森を見つめてから言った。

「航空券を拝見」

若森は航空券を手渡した。若森自身の航空券は、一時間半以上先の羽田行のものだった。

警備員は訊いた。

「羽田から先は?」

「明日、成田からタイに。パスポートがないと、行けない」

「荷物、預けていない?」

「いや、これだけです」若森は、両手のバッグを持ち上げてみせた。

「身分証明書ある?」

「運転免許証でいいかい」

足元にバッグを置いて、財布から免許証を取り出した。警備員に、免許証を渡した直後だ。搭乗待合室が騒がしくなった。

誰かが叫んでいる。

「たいへんだ」「きてくれ」と、切迫した声がする。

手荷物検査場の真正面にいたふたりの警官が、あわてて駆け出した。

警備員も、騒ぎのほうを気にしながら、免許証を返してきた。

「早く戻ってきて。二十分前から搭乗だから」

「ああ」

警備員は、検査場の端の出入り口まで若森を誘導してくれた。若森は礼儀正しく小さく会釈してロビーに出た。

背後の騒ぎはいっそう大きくなった。女性の悲鳴まで聞こえてきた。ラウンジのトイレの死体が発見されたようだ。

若森はうしろを振り返ることなく、A駐車場へ向から南連絡橋へと急いだ。大勢の流れに逆らって歩むことになった。若森の足は次第に速くなった。

もうじき橋にかかるというところで、駆けてくるふたりの男を前方に見た。ふたりともスーツ姿で、血相を変えていた。

刑事？

若森はすっと通路の横によけてひとの陰に隠れ、ふたりをやり過ごした。

背後で、ホイッスルの音がする。警官が吹いているようだ。駆けてくる者がいる。

死体と、いま検査場を逆に抜けた男との関連が疑われたのだろう。警官たちが追ってきているようだ。

ちょうど連絡橋にかかった。若森はその屋根つきの橋を駆け出した。

五十メートルほど走って、A駐車場への階段に着いた。若森は階段を駆け降りた。追跡してくる者の数は、いまや四、五人と感じられた。

階段を降りきって、駐車場へと飛び出た。一瞬立ち止まり、自分の車の停まっている位置を確認した。A一八の表示まで、三十メートルほどだ。また若森は駆けた。

「待て」と声がする。「若森、待て」

自分の名前まで把握されたのか？

ちらりと振り返ると、いましがたすれちがったふたりのスーツの男が、駐車場の通路を駆けてくるところだった。そのうしろに、ふたりの制服警官がいる。若森はスポーツバッグを左手に持ち直し、リモコンで自分の車のエンジンを始動させた。

自分の車に着くと、ふたつのバッグを後部席に放り込んだ。すぐに運転席に身体を入れ、グラブボックスの隠しからマカロフを取り出した。視界の隅に、駆けてくる二人の男が見えた。若森は車を急発進させた。

最も近い駐車場の出口は、ターミナル・ビルの北端に面していた。若森は加速して、出口へと向かった。ルームミラーを確かめると、まだふたりのスーツの男たちが駆けている。制服警官たちの姿は見えなかった。

前方に、出口の車止めが見えてきた。あのバーは鉄製だったろうか。だとしたら、強行突破のダメージは大きい。

出口脇のブースで、駐車場の係員が、減速しろとでも言うように手を振っている。若森はそのまま加速した。バーが鉄なら鉄でしかたがない。とりあえずいまは、あのふたりの刑事たちを振り切ることだ。空港の敷地を出てしまえば、車はいつだって代えられる。

自分の左手前方に、小型の臨時赤色灯を回転させたセダンが見えた。警察車だ。ターミナル・ビル北端の、到着ロビー・エントランスに滑りこんできたのだ。降り立ったふたりには見覚えがあった。昨夜、萌えっ子クラブを訪ねてきた刑事たちだ。

その刑事たちは、エントランスには入らずに、振り返った。若森の車が、まさに出口の車止めを突破しようとしているときだった。

激しい衝突音が響いた。若森の身体は衝撃で一瞬前のめりになった。フロントウィンドウにひびが走った。車はハンドルをとられて、右手に突っ込んだ。右手から、分離帯が始まっている。ぶつかるわけにはゆかない。若森はハンドルにカウンターを当てて、急ブレーキをかけた。

間に合わなかった。車は分離帯の鉄のパネルに突っ込んだ。もう一度激しい衝撃音が響いた。車は停まった。

エンジンが停止したので、若森はキーをまわして、再始動させた。リバースさせようとしたが、タイヤはガリガリと何かを引っかいた。動かなかった。もう一度試して、若森はあきらめた。

ターミナル・ビルの前の道路は、左手から右方向への一方通行だ。車線が四本あるが、いまその四本の車線上で、どの車も急制動をかけているところだった。

急停車した車のあいだを縫って、昨日きた刑事たちがこちらに向かってくる。若森は、カネの入った革のバッグを手にすると、右手にマカロフを持って、車から降りた。

一瞬よろめいた。足に力が入らなかったのだ。いま、身体のどこかにダメージでも？　どこにも痛みは感じなかった。若森はなんとか立ち直った。車を奪わねばならない。うしろから突進してくる者があった。駐車場出口を駆け抜けてくるところだ。若森はその男に向き直り、マカロフを向けた。男は立ち止まった。手に何か黒いものを握っている。拳銃を抜いたのか？

男と目が合った。その顔には覚えがある。去年、道警が裏金問題で大騒ぎとなったとき、何度かニュースに出てきた顔だ。たしか北海道議会の特別委員会で、うたったのではなかったろうか。格好だけの、正義漢ぶった刑事なのだろう。津久井巡査部長といったか。あの当時、つきあいのある札幌ジャイアンツや無双会の連中が、よく言っていたものだ。おれたちにまかせてくれたら、もっとうまく処理してやれたものをと。

若森は、マカロフを津久井の脇のブースに向けて引き金を引いた。重い破裂音が響いて、ブースのガラスに穴が空き、砕け散った。津久井はダイブするように地面に伏せ、横に転がった。ふたりの制服警官は一瞬棒立ちとなり、それから背中を屈（かが）めてそばの車の陰に飛び込んだ。

ブースの前にもうひとり、スーツ姿の男がいる。津久井のすぐうしろを駆けてきたようだ。高価そうな仕立てのスーツを着た男だ。キャリア、という言葉が自然に浮かんだ。鹿島が言っていた監察官ってやつだろう。

監察官は、若森の視線にたじろいだか、逃げ腰だ。しかし動かない。金縛りにでもあっているようだ。

ターミナル・ビルのほうに目をやると、こちらの刑事たちもふたり、拳銃を両手で構えている。車線上の車はすべて、その場で停車していた。どの車線にも一台の車も走っていない。警備員たちが、この騒ぎに客が巻き込まれぬように、必死で止めているのだろう。

ターミナル・ビルの側にいる刑事のひとりが言った。

「若森。拳銃を捨てろ。いますぐだ」

昨日、店でくだらぬことを訊いていったあいつだ。佐伯という名前の刑事だったか。

若森は革のボストンバッグをその場に落とすと、駐車場側の男たちにマカロフを向けた。

津久井も制服警官も、発砲してこない。隠れたままだ。アメリカあたりの警官とはちがって、道警の警官たちは発砲には慣れていない。一発撃つたびに始末書やら報告書やらを何枚も書かねばならないのだ。なかなか発砲できないよう、縛りが効いている。ロシアン・マフィアとの撃ち合いを想定して訓練を欠かさない自分たちとは、気構えがちがうのだ。

警官の拳銃など、怖いことはない。完全に足がすくんでしまっているようだ。監察官だけは、両手を横に広げて立ったままだ。監察官は、射すくめられたような顔で、手をいっそう高く上げた。

若森は拳銃を向けて監察官に駆け寄った。こいつなら扱いやすい。

若森はその官僚のネクタイを取り、引き寄せながら背後にまわった。監察官は、木偶の坊のように無抵抗だった。若森は監察官の左腕をねじあげた。

「離れろ！」と、物陰から津久井が叫んできた。

若森は、監察官の頭にマカロフを突きつけた。

周囲が凍りついた、と感じられた。ビルの側の佐伯たちも、足を止めた。

左手十メートルほどの距離のところに、大型の白いセダンが停まっていた。制止を無視して、この場に入りこんでしまったのだろうか。若森の事故車両の手前まできて、ようやくこの場で何が起こっているかに気づいたのだ。走り抜けることができずに、停止してしまったのだろう。

運転席にいるのは、女だった。ぽかりと口を開けて、こちらを見ていた。

若森は、監察官に言った。

「歩け。あの白い車だ」

監察官が歩かなかったので、若森は小突いた。ようやく監察官は、足を前に進め出した。

前方で、佐伯が叫んだ。

「若森、ひとを放せ。拳銃を捨てろ」

若森は監察官を追い立てながら叫び返した。

「離れてろ。こいつを撃つぞ」

白いセダンに近づくと、運転席の女はハンドルを握ったまま、激しく首を振った。

若森は、マカロフをセダンの後部席に向け、引き金を引いた。銃声に重なって、ゴツンと鈍い音がした。セダンの後部ドアに穴が空いた。九ミリの銃弾はいま、そのセダンにハンマーで叩いたときのような衝撃を与えたはずだ。運転席の女は両手で頭を抱えて、背をかがめた。

若森は、監察官の背を押した。

「乗れ。うしろに」

しかし、監察官は動かなかった。若森はさらに腕をねじあげた。

監察官は思いがけない行動に出た。身をよじりながら叫んだのだ。

「かまわない。撃て。ぼくにかまわず撃て」

若森に言ったのではない。周囲の警官たちに指示したのだ。

若森は、監察官を小突いた。

「歩け」

監察官は従わなかった。腕をねじあげられたまま、また叫んだ。

「撃て。かまわない。ぼくを気にするな。撃て」

若森はマカロフのグリップでその官僚の後頭部を殴った。

「黙れ」

若森は周囲を素早く見渡した。セダンまであと三メートル。駐車場側に制服警官がふたりいて、ブースの陰で拳銃を構えている。津久井の頭も見えた。彼も拳銃を構えている。彼らとの距離は十メートルくらいか。

ターミナル・ビル側、路上にはふたりの私服刑事がいて、身体をさらしている。ふたりとも、やはり腰を落とし、両手で拳銃を構えていた。彼らは十二、三メートルの距離だろうか。つまり前の警官もうしろも、監察官を楯に取ったこの自分に、発砲できる距離ではなかった。

力ずくで監察官を歩かせようとしたが、彼はなお抵抗した。

「気にするな。撃て。きみたちを、信じている」

そのとき、駐車場側から声があった。

「若森。覚悟しろ」

若森は振り返った。マカロフの銃口も、身体の動きに連れてまわった。叫んだのは、あの津久井だった。物陰から出て、身体をすっかりさらしている。両手で拳銃を構えていた。

撃たれたいのか？

次の瞬間だ。若森は自分の腰に激しい衝撃を感じた。津久井とは反対側だ。質量のあるものが、自分の骨にあたってこれを砕いた。衝撃が脳天に達して、頭上に飛び出した。すうっと力が抜けて、若森はその場に崩れ落ちた。

ふたりの制服警官が、素早く若森のもとに駆け寄った。拳銃を若森に向けたままだ。若森が、その場で身体をねじった。いったん手から離れた拳銃を握り直そうとしたようだ。駆け寄った津久井が、その拳銃を蹴飛ばし、拾い上げた。

生きている。佐伯は思った。あの元気さなら、十分公判に耐えられる。

佐伯は構えを解き、拳銃を脇に下げて、ゆっくりと若森のもとへと歩いた。横に新宮が並んだ。

佐伯は、小声で新宮に訊いた。

「自信あったのか？」

新宮がささやくように答えた。

「五十パーセント」

佐伯は呆れて新宮を見つめた。新宮は肩をすくめてくる。十分じゃないですか、とでも言っているのか。

「ひどい確率だぞ」

「手錠は、おれってことでいいですね。約束ですから」

「いいとこ取りだ」

「中野亜矢、好みだったんです」

目の前に、監察官が立っていた。濃紺のスーツを着た優男。昨日から、おれの同僚たちを引っ張って監察しているというキャリア官僚。彼は左の肩のあたりをしきりにさすっている。そうとうの力でねじあげられていたのだろう。

目が合ったので、佐伯は立ち止まった。

監察官が、横にいる津久井に目をやってから、佐伯に訊いた。

「あんたが、佐伯さんか？」

佐伯は答えた。

「大通署刑事課、佐伯です」

監察官が言った。

「警察庁監察官室の、藤川です。ご苦労さま」

その言葉に、身体が反応していた。佐伯は藤川を見つめて、さっと短く敬礼した。自分でも驚いた。おれがこのキャリアに敬礼を？　どうして？　答の用意はなかった。反射的に出たしぐさだった。もう取り消しようがない。

監察官も、微笑してぎこちなく敬礼を返してきた。

新宮が若森の脇にしゃがんで、警官たちに言った。

「昨日から追っていたんだ。おれが手錠でいいですよね」

警官たちは顔を見合わせたが、異議ははさまなかった。

新宮が腰から手錠を取り出して、若森の右手に軽く当てた。手錠は半回転して手首に巻きつき、ロックされた。

新宮は、さらに左手にも手錠をかけた。

若森は、腰骨か大腿骨を撃たれた身だ。手錠をかけなくても、逃亡するおそれはないだろうが。しかし、この手順を抜いては、捕り物劇は終わりとならないのだ。

佐伯は腕時計を見て言った。

「六月十四日、午後四時二十二分。銃刀法違反、発砲罪、公務執行妨害現行犯で、若森秀雄、逮捕」

津久井が、佐伯を見つめてきた。

藤川監察官同様、ご苦労さまといったような顔だ。いや、またお世話になりました、とでも言っているのか。

佐伯はうなずいて、周囲を見渡した。

ターミナル・ビルの前に、次々と警察車が滑り込んできて、急停車した。やっと意識が広がった。あたり一帯、サイレンの音がやかましくなっている。何十台もの回転する赤色灯の光が、視神経を刺激してきた。制服警官たちが、警察車から、そして駐車場の奥からわき出て、駆け寄ってきた。

佐伯はもう一度、藤川監察官に目を向けた。彼は上着を脱ぎ、タイをゆるめて、ハンカチで額の汗をぬぐっているところだった。藤川監察官の右の膝が、ガクガクと震えているのがわかった。いましがた若森の楯とされていた時間は、やはり激しく緊張するものだったのだろう。しかし非常時という認識が、きっとアドレナリンの分泌を活発にした。恐怖を恐怖とは感じさせていなかったのだ。いまは冷静に全体を振り返ることができる。いかに際どい逮捕劇であったか、彼はあらためてそのことに気づいたのだ。

その恐怖は当然です、監察官、と佐伯は藤川に胸のうちで呼びかけた。でも、あんたは立派だった。見上げた振る舞いだった。

佐伯は声には出さずに言った。

監察官、お疲れさまでした。

解説

細谷正充

警察小説の佐々木譲。このようなレッテルは、作者にとっては迷惑かもしれない。しかし、そういいたくなるほど、近年の作者は、警察小説に傾注した執筆活動を続けている。まだ警察小説に取り組んでから、五年も経っていないというのに……。
一九七九年、第五十五回オール讀物新人賞を「鉄騎兵、跳んだ」で受賞した佐々木譲は、ハードボイルド、冒険小説、恋愛小説、ホラー、都会小説、歴史小説など、さまざまなジャンルを横断してきた。そんな作者に、角川春樹事務所の編集者が、警察小説を依頼したのは十年前のことだった。佐々木譲が警察小説を書けると見抜くとは、慧眼といっていい。

もっとも依頼を受けたからといって、すぐに作品に取りかかれるわけではない。作者が警察小説のコアとなる題材を得たのは、その数年後『ユニット』の取材中のことであった。ちなみに『ユニット』は、少年犯罪や家庭内暴力を通じて、家族とはなにかを問いかけた意欲作だ。

雑誌「編集会議」二〇〇八年五月号に掲載された作者のインタビューによれば、『ユニット』の執筆にあたり、警察担当の新聞記者や警察関係者に取材していたとき、世話になった警察関係者から後の稲葉警部事件を耳打ちされたという。
稲葉警部事件を簡単にいえば、現職の警部が覚醒剤の密売で摘発され、そこから拳銃のやらせ摘発や、道警の裏金づくりが発覚したという、とんでもない警察スキャンダルだ（詳しいことは『笑う警官』の解説で、西上心太氏が触れているので、そちらを参照していただきたい）。このことについて作者は、

「その話を聞いたときは発覚前でしたから、まさかそんなことが警察で？ と半信半疑でした。でも『ユニット』の連載中に稲葉警部事件をはじめ、道警の一連の不祥事が露見し、『聞かされていた話は本当だったんだ！』と驚きましたね。同時に、警察が内部に抱えていたこの問題には、大きなドラマ性があると感じたんです。ぜひ小説にしてみたいと強く思うようになりました」

と、いっている。そして二〇〇四年十二月、一連の道警の不祥事を背景とした警察小説『うたう警官』（文庫化の際に『笑う警官』と改題）が、角川春樹事務所から書き下ろしで刊行されたのである。以後、北海道の駐在警官を主人公にした短篇集『制服捜査』、『笑う警官』に続く「道警」シリーズ第二弾『警察庁から来た男』、日本の戦後警察史に親子三代の警官の人生を重ね合わせた大作『警官の血』が発表されている。いやもう既読の人ならばタイトルを見ただけで、警察小説の佐々木譲といわれるはずだと、深く納得されるだろ

う。それほど優れた警察小説を、作者は書き続けているのだ。

　本書『警察庁から来た男』は、二〇〇六年十二月、角川春樹事務所から刊行された書き下ろし長篇だ。先にも述べたが『笑う警官』に続く「道警」シリーズの第二弾である。前作で強烈な印象を与えてくれた、佐伯警部補や津久井巡査部長たちが、再び道警の闇に挑む、読みごたえのある作品だ。

『笑う警官』の事件から、一年以上が過ぎ、ようやく落ち着いたかに見えた道警。しかし警察庁から監察官の藤川春也警視正と、種田良雄主査が乗り込んできたことで、再び激震が走る。

　警察庁が特に関心を寄せているのは、タイ人の少女娼婦が、一度は交番に保護を求めながら、暴力団に連れ戻された件。そして、ぼったくりバーで客が殺された可能性が高かったのに、札幌大通署がこれを事故死として処理した件である。どちらも外国メディアが取り上げたことで、警察庁も腰を上げたのだった。

　警察庁の威光はあるが、所詮余所者の藤川は、道警の実情を知るために、津久井卓巡査部長に白羽の矢を立てる。前回の事件で道警の不正を告発した津久井を、見込んでのことだ。三人の調査は、道警の不正の匂いを嗅ぎ当てる。しかしその不正の実態が、なかなかつかめないでいた。

一方、札幌大通署刑事課特別対応班の佐伯宏一警部補と新宮昌樹巡査は、奇妙な事件を担当することになる。栗林正晴という人物が宿泊していたホテルの部屋があらされたが、何も盗まれたものはなかったというのだ。しかも栗林は、ぼったくりバーの事件で死んだ男の父親であり、息子が殺されたと信じて警察署に再捜査を訴えるために札幌へ来たという。事件の背後に、ただならぬものを感じた佐伯たちは、ひそかにこの事件を追及。だがそれが、さらなる殺人事件を呼んでしまった。怒りを胸に事件を追う佐伯たちと、地道な資料調査から真相に迫る藤川たち。ふたつのチームは、期せずして、道警の闇に肉薄していくのだった。

シリーズ第一弾となる『笑う警官』に続き、本書でも警察の不祥事が作品のテーマとなっている。しかし、不祥事の内容は微妙に違う。それが何かは、読者自身の目で確認してもらいたい。ただ、単純な善悪の線引きのできない、微妙な領域に踏み込んだものといっていいだろう。再び「編集会議」のインタビューから引用させてもらう。

「世間の支持は相対的なもの。時代とともに動いていきます。数年後、もしかしたら警官の罪の扱い方や見方は変わっているかもしれません」

こうした問題意識が、本書の道警の不祥事にも込められているのだろう。真相が明らかになったとき、謎解きの爽快感を覚えると同時に、警察という組織や制度、そこに生きる人間について考えさせられる。そこに佐々木譲の警察小説の真骨頂があるのだ。

また、ストーリー展開も見逃せない。前作は、警察各所のプロたちが密かにチームを組み、強大な敵に立ち向かうという〝プロフェッショナル集団〟物の面白さが、前面に打ち出されている。これが『笑う警官』の斬新な魅力になっていた。

しかし作者は、シリーズ第二弾では、まったく違うスタイルを採用した。藤川たちの警察庁チームと、佐伯たちの現場警官チームの捜査を並走させ、それをクライマックスで合流させたのである。作者は、シリーズ物の枠に捉われない。繰り返しを嫌い、常に新しい試みに挑戦しているのだ。だからこそ、新鮮な気持ちで作品を楽しむことができるのである。

ところで本書は、近年のミステリー作品としては、けして長い話ではない。それなのに本を閉じたとき、非常に重厚な読後感を抱くことができる。なぜか。それは練磨された文章に、物語がぎゅっと凝縮されているからであろう。

一例を挙げたい。藤川警視正と、道警の女子職員との、スターバックスのカフェ・ラテに関するやりとりだ。女子職員にスターバックスのカフェ・ラテを頼んだ藤川だが、彼女は別の喫茶チェーンのカフェ・ラテを持ってくる。そのときの藤川と女子職員のやりとり。

「ぼくはスターバックスのカフェ・ラテは取れるかどうか、確認したね。どうだった?」

「あ、はい」その女子職員は狼狽を見せている。「そうです」

「だからぼくはお願いした。無理なことを頼んだつもりはない。でも、どうしてちがうものが出てくるんだ？」

女子職員の狼狽はいっそう激しくなった。

「申し訳ありません。同じだと思ってしまいました」

「これはいらない。下げてくれ。近所にないならないでいいんだ」


そして女子職員が退出すると種田に「言葉が通じていなかったとわかったので、裏切られたような気がしたんだ」というのだ。きちんと筋を通して、自分にも相手にも厳密性を求めてしまう。でも、そんな自分がすこし周囲からズレていることも分かっている。二頁にも満たない小さなエピソードから、藤川春也という警察庁監察官の人柄が、鮮烈に浮かび上がってくるのである。

昨今、すべての登場人物について、その生い立ちから書き込むような重厚な作品が増えた。もちろん、そうした作品には、それをするだけの理由がある。しかし、ひとつのエピソードで人物像を描き出すのも、優れた作家の技であろう。本書には、その技がふんだんに使われている。だから物語の長さに関係なく、どっしりとした手ごたえを感じることができるのだ。

なお作者は、二〇〇八年現在、「道警」シリーズの第三弾を執筆中だという。また『笑う警官』を原作とした映画も、二〇〇九年に公開される予定だ。どのような作品になるか、小説も映画も楽しみでならない。さらなる広がりを見せるシリーズの世界を、大いに期待しようではないか！

（ほそや・まさみつ／文芸評論家）

本解説は、文庫『警察庁から来た男』刊行時（二〇〇八年五月）当時のものです。

本書は、二〇〇八年五月に小社よりハルキ文庫として刊行された
『警察庁から来た男』を改訂し、新装版として刊行しました。

警察庁から来た男 新装版

著者 佐々木 譲

2008年5月18日 第一刷発行
2024年2月 8 日 新装版 第一刷発行

発行者 角川春樹

発行所 株式会社角川春樹事務所
〒102-0074 東京都千代田区九段南2-1-30 イタリア文化会館

電話 03(3263)5247(編集)
03(3263)5881(営業)

印刷・製本 中央精版印刷株式会社

フォーマット・デザイン 芦澤泰偉
表紙イラストレーション 門坂 流

ISBN978-4-7584-4615-0 C0193 ©2024 Sasaki Joh Printed in Japan
http://www.kadokawaharuki.co.jp/[営業]
fanmail@kadokawaharuki.co.jp[編集] ご意見・ご感想をお寄せください。